Jean Dye Johnson

Blindflug in die Freiheit

ONCKEN VERLAG WUPPERTAL UND KASSEL

Oncken Taschenbuch

© der amerikanischen Ausgabe 1985
by New Tribes Mission, Sanford, Florida

Deutsch von Evelyn Herm und Hilary Leyton

6. Auflage 1999

© 1992 der deutschen Ausgabe:
Oncken Verlag Wuppertal und Kassel
Umschlaggestaltung: Junge & Kleschnitzki, Witten
Gesamtherstellung: Breklumer Druckerei Manfred Siegel KG
ISBN 3-7893-8021-0
Bestell-Nr. 628 021

Dieses Buch ist gedruckt auf 100 % Recyclingpapier

INHALT

VORWORT

Dieser Mosaikstein moderner Missionsgeschichte bestätigt die Wahrheit der Verheißungen, die den sogenannten »Missionsbefehl« in Matthäus 28, Verse 18 und 19, umschließen. Jesus sagt: »Ich habe alle Macht im Himmel und auf Erden«, und »jeden Tag bin ich bei euch ...«

»Mission ist kein Geschäft, das man einfach anfangen oder aufgeben kann. Mission ist Gebot Gottes – Auftrag! Es leben Menschen hier in diesem Land, die von Gottes Liebe hören müssen, die ohne Christus verloren sind!« (Seite 69).

Frieden bei extremer Anspannung, Geborgenheit in großer menschlicher Unsicherheit, Zuversicht mitten in bedrängenden Situationen kann nur der erleben, der sich auf Gottes verbindliche Zusagen stützt: »Ich bin bei dir!« und »Mir ist alle Macht gegeben!«

Dieses Erlebnisdokument gibt Zeugnis über die Macht Gottes, die Unmögliches möglich macht und es den Betern gelingen läßt. Die Deutsche Missionsgemeinschaft dankt ihrer Partnermission New Tribes Mission, USA, für die Übersetzungsrechte und Druckerlaubnis und wünscht, daß durch diesen Tatsachenbericht die weltweite Mission, das Anliegen Gottes, gefördert wird.

»Mit dem Lesen dieses Buches sollte man nur anfangen, wenn man auch Zeit hat, es zu Ende zu lesen, so spannend ist der Inhalt!« Dieser Kommentar spricht für sich. Daß in kurzer Zeit eine 2. Auflage nötig ist, bestätigt die Richtigkeit der Herausgabe.

Auf Gott ist Verlaß, davon gibt der »Blindflug in die Freiheit« Zeugnis. Möchte es die Leser ermutigen, in ihrem Alltag mit Gottes Hilfe zu rechnen.

Januar 1993   Manfred Bluthardt
Deutsche Missionsgemeinschaft

In einer Stadt in Kolumbien unterhielt sich ein Missionar mit zwei marxistischen Guerillas. Einen davon hatte er schon als Zivilisten gekannt. Mit Nachdruck, als sei er daran interessiert, den Missionaren zu helfen, erklärte nun der andere: »Für euch Missionare gibt es nur eine Chance, weiter auf euren Stationen zu arbeiten: ihr müßt mit der Guerilla-Kommandantur Beziehungen aufnehmen.«

Der Missionar schwieg. Er verstand allzugut, was mit einer solchen Beziehung gemeint war: eine friedliche Koexistenz. Es bestanden viele Gruppierungen unter den Guerillas, aber alle verfolgten nur ein Ziel: eine Regierungsübernahme durch die Kommunisten in Kolumbien.

Mit einer Entschlossenheit, die einer Drohung gleichkam, fügte der Guerilla hinzu: »Denn darüber sind wir uns klar: Wir werden siegen!«

1. Der Überfall

Einige Boote, vollbesetzt mit fröhlichen Indianern, befanden sich auf der Heimfahrt von einer Kirchenkonferenz. Jeder hatte seine Familie, Angehörige und Haustiere in einen Einbaum mit Außenbordmotor eingeladen. Sie steuerten dem heimatlichen Dorf Morichal zu, eine typische kolumbianische Urwaldsiedlung am oberen Inirida, etwas nördlich des Äquators gelegen.

Die Puinave-Indianer hatten sich mit anderen Gemeindegruppen getroffen. Manchmal glichen diese christlichen Konferenzen in ihrer Spontanität und Wildheit eher alten traditionellen Festen. Auf jeden Fall schienen sie ein kleiner Ersatz dafür zu sein. Diesmal hatte der Bibellehrer Tim Cain von der New Tribes Mission (Mission unter unerreichten Stämmen) auf der Konferenz gesprochen. Er beherrschte die Sprache der Puinave und konnte ohne Dolmetscher zu ihnen reden. Das war etwas ganz anderes als bisher: die Bibel in der eigenen Sprache ausgelegt zu bekommen! Noch nie hatten sie so ergriffen zugehört. Seit sechs Monaten lebte Tim nun schon unter ihnen und lehrte sie jeden Abend.

Während die Einbäume langsam über das Wasser glitten, fiel Tim ein großes Boot am Flußufer auf. Es hatte Benzinfässer geladen und war mit etwa zehn fremden Kolumbianern bemannt. Nichts Außergewöhnliches, denn bekanntlich suchen Rauschgifthändler die abgelegensten Stellen aus, um ihr Kokain herzustellen. Und wer außer Rauschgifthändlern hätte so viel Benzin zu verkaufen? Benzin wird mit Alaun zusammen verwendet, um die Droge aus Kokablättern zu gewinnen.

Einige der Indianer hielten an, um Benzin für ihre Motoren zu kaufen. Tims Boot jedoch, in dem auch der Dorfchef Alberto saß, hielt nicht an. Im Gegenteil, Alberto schien es sehr eilig zu haben, vorbeizukommen. Was war der Grund?

Etwa einen Monat später verriet Alberto Tim sein Geheimnis. Es klang fast wie ein kleines Geständnis: »Erinnerst du dich an die zehn Männer mit dem Boot voll Benzin, als wir von der Konferenz zurückkamen?«

»Ja«, erwiderte Tim. »Wieso?«

»Damals wollte ich dir etwas verschweigen. Diese Männer waren Guerillas!«

Tim machte große Augen. »Guerillas? Und warum hast du es mir damals nicht gesagt?«

»Weil ich dachte, du würdest Angst kriegen, wenn du Guerillas so aus nächster Nähe siehst. Oder bist du einem Guerilla schon jemals so nahe gekommen? Ich fürchtete, du würdest uns verlassen und uns nicht mehr lehren«, bekannte Alberto.

Seitdem Tim und seine Frau Bunny nach Morichal gezogen waren, drangen immer wieder beängstigende Gerüchte über die Anwesenheit von Guerillas in ihrer Nähe zu ihnen. Sollten sie Morichal verlassen? Nein, sie waren überzeugt, daß Gott sie an diesem Platz haben wollte. Hier wohnten Menschen, die das Evangelium schon gehört, aber nie eine Entscheidung für Jesus Christus getroffen hatten. Es fehlte ihnen die biblische Grundlage. Sie waren durch Indianer aus einem anderen Stamm angesprochen worden, gingen regelmäßig zu den Gottesdiensten, aber ihr alter Glaube wurzelte noch tief und ungebrochen in ihren Herzen.

Tim war an einem Ort aufgewachsen, wo seine Eltern mit anderen Puinave gearbeitet hatten. So kannte er ihre Kultur bestens. Als er selbst Missionar wurde, verbrachte er einige Zeit stromabwärts mit dem Erlernen der Sprache. Ein Linguist und Übersetzer, der vor ihm im Stamm gearbeitet hatte, half ihm dabei. Als Tim dann nach Morichal kam, sprach er ausschließlich Puinave und gewann dadurch schnell das Vertrauen der Dorfbewohner. Nein, wegen des Wissens um die Nähe der Guerillas würden Tim und seine Familie nicht nach Hause zurückkehren.

Im Oktober 1984 besuchte Alberto mit einem anderen Puinavechef, Chicho, zusammen die Cains in dem Haus, das die Puinave ihnen gebaut hatten. Es unterschied sich

von den Indianerhäusern nur durch Fenster und Trenn-
wände.

Alberto überbrachte eine wichtige Nachricht: »Geht
heute abend nach Einbruch der Dunkelheit nicht aus dem
Haus! Guerillas sind in der Nähe. Jemand hat ihre Spuren
und Zigarettenkippen entdeckt. So ungefähr acht Mann
sind es. Also, seht euch vor!«

Tim und Bunny hörten auf die Warnungen. Es wurde
ernst. Die Indianer begleiteten sie zur Abendversammlung
und zurück. Sie gingen früh ins Bett. Was konnten die
Cains tun, um sich vor den Guerillas zu schützen? Ihre
Fenster bestanden einfach aus Löchern in den Wänden, wo
das Gitterwerk nicht mit Lehm bestrichen worden war.
Und der Fliegendraht daran – welch einen Schutz bot er
schon?

Am nächsten Tag traf ein älterer Indianer, Anibal, auf
einen Guerilla, als er auf der Jagd war. Der Guerilla gab
ihm durch Handzeichen zu verstehen, daß er nicht näher-
kommen und sich ruhig verhalten sollte. Ohne Zweifel befand sich das Lager der Guerillas ganz in der Nähe. Der
Puinave drehte sich um und verschwand.

Zwei Tage später saß Chicho im strömenden Regen zusammengekauert unter einem Bündel wilder Bananen-
blätter. Während er so in der Nähe der Landepiste wartete,
beobachtete er, wie acht bewaffnete Guerillas die Piste, die
aus dem Dorf herausführte, überquerten und im Urwald
untertauchten.

In diesen Wochen machten auch die etwa fünfzig Hunde des Dorfes die Bewohner nachts durch ihr lautes Kläffen
und Knurren auf die Gegenwart der Fremden aufmerksam. Gefahr lag in der Luft!

Eines Nachts fuhr Albertos Bruder mit seinem Kanu am
Flußufer auf die Jagd. Auf dem Nachhauseweg wurde ihm
mit vorgehaltenem Gewehr die Beute weggenommen. Die
Guerillas bedankten sich höflich für seine Freigebigkeit.

Einmal wollte Tim in den Urwald gehen, um sich mehr
Pfähle für das Nebengebäude zu holen, das er gerade bau-
te. Alberto rief ihn zurück. Seine Stimme klang erregt:

»Wo willst du hin?«

»Ich brauche Pfähle.«

»Du bleibst hier!« befahl er scharf.

In Alltagsdingen betrachtete Alberto Tim gern als Sohn, während er ihn in geistlichen Dingen als Lehrer achtete.

Alberto rief das gesamte Dorf zusammen und erklärte, was Tim brauchte. Tim mußte nur angeben, wieviele Pfähle er benötigte und welcher Art sie sein sollten. Aber er durfte auf keinen Fall selbst in den Urwald gehen.

Im Laufe der Woche hatten die Guerillas einige Hühner mitgehen lassen und sich aus den Gärten der Puinave bedient. Trafen sie tagsüber einzelne Indianer außerhalb des Dorfes, gaben sie bekannt, daß sie Jugendliche suchten, die sich ihnen anschließen wollten. Das aber kam bei den Puinave gar nicht gut an. Weder die Eltern noch die jungen Leute interessierten sich dafür, aber sie zeigten den Guerillas ihre wahren Gefühle nicht. Zudem sprachen einige nicht genügend Spanisch, um sich richtig unterhalten zu können.

Zu denen, die die Guerillas befragten, gehörte auch Alberto. Ihr besonders Interesse galt den Missionaren. Sie versuchten, ihn auszuhorchen.

»Ach, macht euch um die keine Sorgen«, riet Alberto, der den Verdacht hegte, ihr Interesse könnte Unheil bedeuten. »Am besten, ihr laßt sie in Ruhe.«

Immer wieder verbrachten zweifelhafte Fremde einige Wochen oder Monate im Dorf. Zwei von ihnen behaupteten, Ex-Guerillas zu sein, die aus irgendeinem Guerillalager geflüchtet waren. Aber konnte man ihnen trauen?

Manchmal, wenn Tim und Bunny sich nicht im Dorf aufhielten, besuchten fremde Männer in Gruppen das Dorf. Sie behaupteten, sie wären Kokainhersteller. Aber sie trugen Waffen mit sich, die nur Guerillas gebrauchten. Die Indianer erzählten Tim, daß die Fremden nach den Ausländern gefragt hätten. Aber jedesmal gab man ihnen zu verstehen: »Laßt die Finger von den Missionaren!«

Etwa Mitte August 1985 verließen Tim und Bunny das

Dorf für eine kurze Zeit. Als sie zurückkehrten, berichteten die Indianer aufgeregt vom neuesten Geschehen in Morichal. Fünfunddreißig Guerillas waren – mit Gewehren bewaffnet – im Dorf erschienen, zwölf davon verbrachten die Nacht dort. Sie hatten besondere Fragen über die Missionare gestellt und sich am nächsten Morgen aus dem Staub gemacht. Tim und Bunny kehrten am frühen Nachmittag zurück, nur sechs Stunden später.

Als Tim diese Neuigkeiten an der Flugpiste erfuhr, sah der Pilot Tim mit ernster Miene an: »Meinst du nicht, daß es hier allmählich zu gefährlich wird? Sollten wir, das heißt die Mission, nicht einen Rückzieher machen? Ich ahne, die Zeit kommt, wo wir eine Konfrontation mit den Guerillas haben werden.«

Tim zögerte. Dann erwiderte er entschlossen: »Nein, ich kann die junge Gemeinde zu diesem Zeitpunkt nicht verlassen! Erst jetzt kapieren sie Gottes Wort so richtig. Langsam erkennt man, wer gläubig ist und wer nicht. Und die, die Gottes Wort noch nicht verstanden haben, wollen unterrichtet werden. Nein, ich bin so sicher, daß Gott mich hier haben will. Ist es ihm nicht möglich, uns zu bewahren?«

Bunny, die hinter ihm stand, pflichtete ihm bei.

Gerade in dieser Zeit erlebte Tim wunderbare Gebetserhörungen. Wie hatte er für einige Indianer besonders gebetet, die noch so schwach in ihrem Glaubensleben waren.

»Herr, willst du nicht etwas geschehen lassen, damit diese Leute aufwachen und sich zu deinem Volk bekennen? Bitte, rüttle sie auf, Herr!« Und jedesmal war er hell begeistert, wenn er in ihnen neues Leben spürte.

Manchmal berichteten die jungen Christen in einer Versammlung vor oder nach Tims Bibelarbeit, was sie erlebten. Zum Beispiel schrieben sie jetzt Gott Dinge zu, die sie früher als Zufall oder Hexerei betrachtet hatten.

Dankbarkeit wie nie zuvor bewegte die Herzen der Indianer während einer Versammlung im September 1985. Die Gemeinde in Morichal sollte bei einer Konferenz für mehrere Dörfer Gastgeber sein. So wußten sie sich für die

Jagdbeute zur Bewirtung der Gäste ganz von Gott abhängig. Bei einer dramatischen Schweinejagd rechtzeitig zur Konferenz erbeuteten die Dorfbewohner dreißig Schweine. Am Sonntagmorgen drückten sie ihren Dank aus:

Alberto: »Gestern früh bat ich Gott um Beute. Um gute Beute. Von meinen Fischfallen eilte ich heim. Ein paar Fische und einen Affen in der Hand. Ein guter Fang! Da – ein Schuß! Wildschweine, dachte ich. Schneller als ein Wildschwein vor seinem Jäger flüchtet, hastete ich davon. Immer schneller. Da waren sie. Viele Wildschweine. Drei erlegte ich. Mit nur drei Patronen. Wie der Wind lief ich nach Hause, lud meine Schrotflinte neu. Wieder ein Treffer! Das hat Gott gemacht. Gott und kein anderer. Gott erhört Gebete. Das weiß ich schon lange. Aber jetzt noch viel mehr.«

Chicho: »Ja, Gott hat uns die Schweine geschickt! Kein andrer als er. Direkt in unser Dorf. Nicht einmal suchen mußten wir sie. Gott weiß, was wir brauchen.«

Felix: »Ja, Gott bewahrte sie für uns auf. So richtig fett waren sie! Wirklich, Gott leistete ganze Arbeit!«

Anibal: »Ha, im Kreis herum liefen sie, die fetten Schweine, einfach von einem Jäger zum nächsten. Und zu tragen brauchten wir sie auch nicht weit. Wirklich – Gott denkt an alles!«

Während Tim ihrem Wechselgesang lauschte, lehnte er sich zurück. Er freute sich, wie diese ehemaligen Zauberer und Bluträcher Gott die Ehre gaben!

An jenem Sonntagmorgen nahm noch ein Missionsehepaar am Gottesdienst teil, ohne jedoch mehr als ein paar Worte und Ausdrücke dieser schwierigen Tonsprache zu verstehen: Bob Van Allen und seine Frau Linda. Seit ein paar Monaten waren sie Tim und Bunnys Partner. Sie wohnten in einer Lehmhütte mit Strohdach direkt neben dem Haus der Cains.

Bei seiner Ankunft in Morichal kündigte Bob den Cains an: »Dies ist unser letzter Umzug! Das sage ich euch!«

Die Cains verstanden, was er meinte. Bob gehörte einem Team an, das ohne Erfolg Kontakt zu einem anderen Stamm gesucht hatte. Danach hatte er sich zusammen mit einem anderen Missionar um einen zweiten Stamm bemüht. Aber nicht lange danach übernahmen Guerillas die Kontrolle. Damals hatten die Indianer ihn und seinen Mitarbeiter versteckt und ihnen bei der Flucht geholfen. So kam Bob zu den Puinave und wollte so richtig mit der Arbeit loslegen.

Aber wieder wurden ihre Pläne geändert. Bob hatte sich im niedrigen Lagerraum hinter seinem Haus zu plötzlich aufgerichtet, stieß heftig an den Astknoten eines knorrigen Baumstamms und verlor fast das Bewußtsein. Seine Frau, von Beruf Krankenschwester, meinte, Bob hätte sich eine Gehirnerschütterung zugezogen. Sein Blutdruck sank bedenklich, und er war ständig von Übelkeit geplagt, so daß sie sich mit Bedauern entschließen mußten, das Missionsflugzeug zu bestellen. Es brachte sie mit ihren drei kleinen Töchtern nach Villavicencio zum Arzt.

Das geschah am 2. Oktober 1985.

Zwei Tage später traf es Tim. Er lag krank in einer Hängematte in dem Zimmer, wo seine beiden Töchter in den Schulferien schliefen. Auf Malaria-Medikamente sprach er nicht an. Jetzt vermutete er wegen der typischen Symptome – geschwollene Beine, Juckreiz und geringes Fieber – Filaria.

Bunny hatte versucht, sich vom Tonband her einige Sätze der Puinavesprache einzuprägen, denn sie wollte sie fließend beherrschen. Aber jetzt brauchte sie eine Ruhepause. Die schwierigen Sätze kreisten nur so in ihrem Kopf. Sie stand auf, um sich die Beine zu vertreten.

Gerade warf sie einen Blick aus dem Fenster. Sie stutzte. Was war das? Sie sah, wie ein Mann auf ihr Haus zustürmte. Sofort erkannte sie ihn als Guerillakämpfer, auch wenn sie noch nie bewußt einen gesehen hatte. Er trug einen Tarnanzug, und noch schlimmer – er war schwer bewaffnet. Ein Patronengürtel um seine Taille verstärkte den furchterregenden Eindruck. Nach seinem entschlossenen Gesichtsausdruck zu urteilen, konnte kein Zweifel bestehen, daß er bei jeglichem Widerstand bereit war, sein Gewehr oder seine Handgranate einzusetzen. Jetzt entdeckte sie noch einen und noch einen – vier Guerillas liefen auf ihr Haus zu.

Bunny verlor fast die Nerven. Sie stürzte ins Schlafzimmer. »Guerillas, Tim! Was sollen wir tun?«

»Mach die Tür auf!« antwortete Tim in seinem üblichen sachlichen Ton.

»Bist du verrückt, willst du sie hier drin haben?« Bunny wußte zu viel von Guerillas, um sie gern ins Haus einzuladen.

»Beruhige dich!« befahl Tim. »Wir wissen doch noch gar nicht, was sie wollen.«

Tim kletterte mühsam aus der Hängematte. In seinen Beinen pochte es. Bevor er die Haustür erreichte, hämmerten die Guerillas schon dagegen und forderten Einlaß. Tim öffnete die Tür.

»Hände hoch! Raus!« befahl einer der Guerillas.

Was blieb ihnen anderes übrig? Vier Guerillas richteten die Waffen auf sie. Tim und Bunny gehorchten. Zwei weitere Guerillas inspizierten inzwischen das Dorf, um herauszufinden, wer sich dort aufhielt. Etwas später erreichten auch diese beiden Cains Haus. Drei andere befanden sich draußen auf dem Fluß und beanspruchten einen Teil davon als ihr Hoheitsgebiet.

Als er nur zwei Missionare sah, fragte der Sprecher: »Wo sind die anderen?«

»Es sind keine anderen hier«, antwortete Tim so ruhig wie möglich.

»Ihr lügt, wir wissen, daß es mehr von eurer Sorte gibt.«

»Nein, wirklich nicht«, widersprach Tim. »Überzeugt euch selbst! Unsere Kollegen sind alle fort.«

Daraufhin durchsuchten die Guerillas das Haus und mußten Tim Recht geben.

»Und wo sind sie hin?« fragten sie.

»Abgereist, weil der Mann einen Unfall hatte und ärztliche Behandlung brauchte.«

Zunächst wollten es die Guerillas Tim nicht abnehmen. Aber offenbar bestätigten die Indianer ihre Aussage, so daß sie die Suche nach den Van Allens aufgaben. Dann, während drei Guerillas draußen blieben, um Tim und Bunny zu bewachen, durchforsteten drei weitere Cains Habseligkeiten.

Es hatte vormittags geregnet. Der Boden war noch naß, auf dem Tim und Bunny die ganze Zeit mit erhobenen Händen standen. Tim trug nicht einmal Schuhe. Für einen Kranken nicht gerade die angenehmste Lage. Bunny faßte Mut und fragte: »Darf sich mein Mann setzen? Er ist krank.«

»Na klar!«, sagten die Guerillas, »dort neben das Haus.« Tim und Bunny setzten sich, beide etwas entspannter. Sie brauchten auch die Hände nicht wieder zu heben. Aber die Gewehre – unter anderem ein Maschinengewehr – blieben auf sie gerichtet.

Die Guerillas hielten eine kleine Besprechung ab und entschieden, die beiden Missionare ins Haus zu bringen, wo sie den Blicken vorbeigehender Indianer entzogen wären. Tim legte sich wieder in seine Hängematte, und Bunny setzte sich neben ihn.

»Ihr befindet euch jetzt im Gewahrsam der F.A.R.C.«, verkündigte der Sprecher mit gewichtiger Miene. (Die F.A.R.C., die »Fuerzas Armadas Revolucionarias de Colombia«, gehören zu den zahlreichen marxistischen Guerilla-Bewegungen Kolumbiens.)

»Und was heißt das genau?« erkundigte sich Tim.

»Erklären wir dir später.«

Die Guerillas fingen an, Cains Sachen hervorzuholen. Tim mußte alles öffnen. Der Ordner über Kultur und Sprachen interessierte sie besonders.

»Was ist das?« fragten sie. »Und das?«

Tim und Bunny bemühten sich, so gut wie möglich zu antworten. Die Guerillas setzten die Hausdurchsuchung fort. Sie öffneten Kisten, stellten Fragen, ließen Tim und Bunny Behälter öffnen. Dabei nahmen sie alles an sich, was ihnen in dem kleinen Haus zusagte: Lebensmittel, Radio, Tonbandgerät – sogar das wenige Bargeld, das Tim bei sich hatte. Als sie mit allen Regalen, Dosen und Kisten fertig waren, sah das Haus wie ein Schlachtfeld aus.

Dann versuchten die Guerillas, sich Zugang zum Haus der Van Allens zu verschaffen, konnten das Vorhängeschloß jedoch nicht öffnen. Einer von ihnen rief Bunny zu sich. »Komm mit und schließ das Haus auf«, befahl er.

Bunny war erschüttert. Diese Vandalen sollte sie auch noch in Van Allens Haus lassen? Und was würden sie mit ihr tun, wenn Tim nicht dabei wäre? Fragend sah sie ihren Mann an.

»Nun geh schon«, drängte er.

Bunny schloß schweren Herzens auf und öffnete die Tür.

»Wer wohnt hier?« fragte der Guerilla.

»Unsere Kollegen.«

»Haben sie Kinder?« Er hatte die Mädchenkleider gesehen, die ordentlich an einer Stange in der Ecke hingen. Das Haus war nur durch eine einzige Zwischenwand aufgeteilt, so daß das Wohnzimmer auch als Schlafzimmer der Mädchen und Arbeitszimmer der Eltern diente.

»Ja, haben sie.« Bunny antwortete nur auf die Fragen, die ihr gestellt wurden. »Darf ich jetzt zu meinem Mann zurück?«

»Du darfst«, antwortete der Guerilla.

Bunny ging zurück, äußerlich gelassen, aber innerlich aufgewühlt. Am liebsten wäre sie zu Tim gerannt. Sie fühlte sich erleichtert und dankbar für Gottes Bewahrung.

Nach etwa fünfzehn Minuten kam der Guerilla von nebenan zurück und forderte sie auf, mitzugehen. Wieder wartete Bunny auf grünes Licht von Tim. »Es bleibt dir keine andere Wahl«, sagte er.

Der Guerilla führte Bunny erneut zum Haus ihrer Freunde. Anscheinend hatte er sich ausgesperrt.

»Mach die Tür auf«, befahl er. Bunny gehorchte.

»Geh rein!«

Zwei weitere Guerillas standen hinter dem Wortführer, bereit, Bunny und ihm zu folgen. Bunny fühlte, wie die Angst ihr die Kehle zuschnürte. Kein Tim war in der Nähe, um ihr Mut zuzusprechen. Sie zitterte, überzeugt, daß ihr Ende nahe war. Was sollte sie tun? Bei jedem Befehl waren die Gewehre auf sie gerichtet. Sie ging ihnen voraus ins Haus, und die drei folgten ihr.

»Was wollt ihr?« Bunny hatte ihre Stimme wiedergefunden.

»Mach die Behälter auf!«, verlangten sie. »Mach die Deckel ab und sag uns, was drin ist!«

Linda Van Allen hatte ihre Lebensmittel alle sorgfältig in Dosen eingelagert, um sie vor Feuchtigkeit und Ungeziefer zu schützen. Bunny mußte also die Neugier der Guerillas befriedigen, indem sie ihnen erklärte: »Mehl, Maismehl, Reis . . .«

Nachdem die Inventur der Küche beendet war, schickten sie Bunny ins Wohnzimmer. Dort stellten sie weitere Fragen über das Radio, Tonbandgerät und manches mehr. »Was ist das? Wozu brauchen eure Leute das?« Die Guerillas gingen mit Van Allens Sachen genauso vor wie bei Cains. Sie zerrten alles hervor, warfen Sachen beiseite, die sie nicht gebrauchen konnten, und nahmen an sich, was ihnen gefiel. Das Tonbandgerät, das Linda für ihr Spanischstudium benutzt hatte, weckte ihr Mißtrauen.

»Was heißt denn das alles?« Angestrengt versuchten sie, den Gesprächsbeispielen einen Sinn abzugewinnen.

»Das sind Spanischlektionen. Die Frau will ihr Spanisch verbessern.«

Die Guerillas kletterten in den kleinen Dachraum hinauf, der Bob und Linda als Schlafzimmer diente. Auch dort durchstöberten sie alles. Bunny bat, zu Tim zurückkehren zu dürfen.

»Nein, du bleibst hier!« Die Härte der Worte ließ sie erzittern.

In diesem Augenblick stürzte ein weiterer Guerilla aufgebracht ins Zimmer und fing in Spanisch an, auf Bunny einzureden. Bunny wußte, daß sie nicht alles verstanden hatte und bat: »Ich verstehe nichts. Warte einen Moment, bis ich meinen Mann geholt habe.«

»Okay, beeil dich!«

Als Tim erschien, setzte der Guerilla seine Beschimpfungen fort. Wie es sich herausstellte, wollte er nur Antwort auf Tims frühere Frage zum »Gewahrsam der F.A.R.C.« geben.

»Ihr seid Amerikaner«, brüllte er, »und als solche müßt ihr in irgendeiner Beziehung zur amerikanischen Regierung stehen. Vermutlich seid ihr Agenten. Wir werden dafür sorgen, daß alle Amerikaner das Land verlassen – je schneller, desto besser! Verstanden?«

Dann fügte er einige feindselige Bemerkungen über Amerikaner im allgemeinen hinzu. Sein Gesicht veränderte sich zu einem hämischen Grinsen. »Wir werden mit allen Amerikanern Schluß machen und beginnen mit euch! Los, geht in euer Haus zurück!«

Die Guerillas hielten wieder eine Besprechung ab. Bald wandte sich der Wortführer an Tim:

»Nimm Funkverbindung auf und fordere das Flugzeug an! Wiederhole genau, was wir sagen! Wenn du auch nur ein Wort änderst, bist du ein toter Mann! Verstanden?«

Es war etwa Zeit für die tägliche Funkverbindung: »Sag ihnen, du bist sehr krank und mußt hier raus!«

Tim dachte nach. Er forderte das Flugzeug nie gern an, schon gar nicht jetzt! Aber er wußte, der Pilot würde das Dorf erst absuchen und dann nach dem vereinbarten Zeichen landen. Es war vor langer Zeit abgemacht worden, daß entweder die Missionare oder die Indianer dem Flugzeug zuwinken würden als Zeichen, daß es sicher landen könnte. Auch die Indianer wußten das. Tim war zuversichtlich, daß sie diesmal nicht winken würden. Bestimmt nicht! Außerdem konnte er die Mission über das Geschehene in Morichal informieren, indem er das Flugzeug anforderte. Der Sprecher der Guerillas wiederholte drohend den Befehl: »Los jetzt, sonst kriegen euch die Geier zu fressen!«

Während das gezogene Gewehr auf ihn gerichtet war, forderte Tim also das Missionsflugzeug für den nächsten Tag, den 5. Oktober, an.

Bunny war innerlich aufgewühlt. Ihre aussichtslose Lage nagte an ihr, brachte sie fast zur Verzweiflung. Es gab nur eine Möglichkeit, dieses schreckliche Gefühl der Ohnmacht zu bewältigen: Trost und Zuflucht im Wort Gottes zu suchen. Natürlich bedeutete es ihr auch viel, daß Tim und sie gerade in dieser Situation zusammensein konnten.

Es wurde dunkel. Die Guerillas kochten für sich in Van Allens Haus. Bunny mußte in ihrem durchwühlten Haus irgendwie zurechtkommen und das Abendessen für Tim und sich richten. Aber keiner von beiden spürte das Verlangen, etwas zu essen. Tim schien äußerlich ruhig und gelassen. Aber in seinem Inneren jagte ein Gedanke den anderen. Warum hatte Gott es zugelassen, daß die Guerillas sie gefangennahmen? Hatten sie es nicht als klare Führung Gottes erkannt, bei der kleinen Puinave-Gemeinde zu bleiben?

Während seines stillen Gebets ertappte sich Tim bei der Frage: »Herr, ich verstehe dich nicht. Ich hatte dir vertraut, daß du uns diese Leute vom Hals halten würdest.« Tim fühlte sich elend und krank, was das Gefühl der Hilflosigkeit nur noch unterstrich. Hatte Gott sie im Stich gelassen?

Tim und Bunny waren dankbar, in ihrem eigenen Haus bleiben und ihre Bibeln behalten zu dürfen. Es machte sie auch dankbar, ihre beiden Töchter in der Schule sicher aufgehoben zu wissen, und daß Van Allens gerade noch rechtzeitig weggeflogen waren. Alle befanden sich auf der finca, der Ranch, wie die Missionsstation genannt wurde, die ein paar Kilometer außerhalb der Stadt Villavicencio lag. Die finca beherbergte die Schule für die Missionarkinder, außerdem das Flugzeug und die Flugzeughalle.

Aber was sie selber betraf, schien alles unsicher. Würde man ein Lösegeld fordern? Nach einer Vereinbarung mit der Mission durfte kein Lösegeld für sie bezahlt werden. Der einzig denkbare Ausgang war also zweifellos ihr Tod.

Ein Bibelvers wurde ihnen an diesem Abend wichtiger als je zuvor:

» . . . wir wissen, daß denen, die Gott lieben, alle Dinge zum Besten dienen, denen, die nach seinem Ratschluß berufen sind« (Römer 8,28).

Diesen Vers wiederholten sie ständig – still für sich oder laut, um sich gegenseitig zu ermutigen. Sie dachten über diese Wahrheit nach und erklärten: »Wir verstehen nicht alles, aber wir glauben daran. Alles liegt in Gottes Hand.«

Angezogen gingen beide ins Bett. Bunny zitterte am ganzen Körper und fand lange keine Ruhe. Aber schließlich übermannte sie der Schlaf.

Ein unruhiger Schlaf! Alle zehn bis fünfzehn Minuten leuchtete ihnen ein Guerilla mit seiner Taschenlampe direkt ins Auge, um sich zu vergewissern, daß sie keinen Fluchtversuch unternehmen würden.

Am nächsten Morgen erwachten Tim und Bunny mit einem trostlosen Gefühl. Der einzige Lichtblick, auf den sie sich freuen konnten, war die Ankunft des Flugzeugs. Es würde über dem Dorf kreisen. Der Pilot würde merken, daß die Indianer nicht winkten, und wissen, daß es gefährlich wäre, zu landen. Außerdem hielt Bunny nicht wie üblich die Funkverbindung aufrecht. Das alles mußte ihm deutlich machen, daß etwas nicht in Ordnung war und sie das Flugzeug nicht aus eigenem Antrieb bestellt hatten.

Während Bunny und Tim sehnsüchtig auf das Flugzeug warteten, nahmen die Guerillas die Befragung vom Vortag wieder auf: »Ist dein Vater hier in Kolumbien? Deine Mutter? Wieviele Geschwister hast du? Wo sind sie? Sind Leute von eurer Mission in Villavicencio?« Tim und Bunny ahnten den Grund für dieses Interesse der Guerillas und antworteten erst nach reichlichem Nachdenken. Sie bemühten sich, so ungenau wie möglich zu antworten, ohne jedoch zu lügen.

Wieder fragten die Guerillas: »Was machen eure Leute in Fusagasugá (Schule für Missionskandidaten für Kolumbien)? Wieviele Waffen haben sie? Warum seid ihr hier? Wie helft ihr den Indianern? Seid ihr je in Kalifornien gewesen?« Was hatte Kalifornien mit ihnen oder mit der Mission zu tun, fragte sich Tim verwundert.

Bald begannen die Guerillas, vom Flugzeug zu reden. Offensichtlich führten sie Böses im Schilde. Sie fragten Tim: »Wann, schätzt du, könnte es frühestens kommen?« Etwa zehn Minuten vor der vermeintlichen Ankunft sagte einer der Guerillas zum anderen: »Es ist Zeit, daß ihr zur Landebahn geht und euch vorbereitet.«

Offensichtlich lag ein durchdachter Plan vor. Vier der sechs Guerillas machten sich in Richtung Landebahn davon und waren bald außer Sicht.

2. In der Falle

Paul Dye, Pilot der Missionsgesellschaft, ist der Sohn Cecil Dyes, einem der fünf Märtyrer, die 1943 versucht hatten, die Ayoré in Bolivien zu erreichen. Paul sammelte seine ersten Erfahrungen als Pioniermissionar in Venezuela. Dann war er drei Jahre lang in Panama im Missionsflugdienst, bis er sich auf eine Anfrage hin als Pilot für Kolumbien meldete. Nachdem er fünfeinhalb Jahre in Kolumbien geflogen war, freuten sich Paul und seine Familie auf den längst überfälligen Heimataufenthalt.

Am 4. Oktober, als Tim Cain ein Flugzeug anforderte, übermittelte man Paul sogleich die Nachricht. Es war bekannt, daß Tim sich nicht wohlfühlte. So überraschte es niemanden, daß er nun doch nachgegeben hatte und um ein Flugzeug bat. Tims Mutter, Mary Cain, saß am Funkgerät. Sie wunderte sich, warum Tim selbst gefunkt hatte. Seit seiner Erkrankung stellte Bunny immer die Funkverbindung her. Aber sie behielt ihre Gedanken für sich. Tim und Bunny brauchten dringend Rat und Hilfe.

»Natürlich fliegen wir«, sagte Paul und freute sich über die zusätzliche Flugerfahrung für den neuen Piloten Steve Estelle. Steve war ebenfalls Missionar der zweiten Generation, sein Vater zweiter Vorsitzender von TAC (Tribal Air Communications, dem Flugdienst der Mission). Paul wußte, daß Tim den 2 1/4-Stunden-Flug nach Morichal nicht leichtfertig anfordern würde, besonders wo die Piloten normalerweise samstags versuchten, Unerledigtes nachzuholen. Er nahm sich vor, Steve mitzunehmen, wie er es in letzter Zeit öfter getan hatte, und Steve erklärte sich begeistert dazu bereit.

Am Abend änderte Paul seine Meinung. Da Steve einen Flugschein für Kolumbien bereits erhalten hatte, sollte er vielleicht die kleine Cessna 185 ganz allein fliegen.

Paul überlegte hin und her. »Ich habe ihn doch dort auf der Landebahn geprüft. Er hat es wirklich gut geschafft. Es ist nicht die einfachste Piste – so ein richtiges Waschbrett, schwierig zum Landen. Und trotzdem hat er es prima hingekriegt!«

Am nächsten Morgen jedoch schien Gott ihm deutlich zu sagen: »Nein, Paul, flieg mit ihm! Dieses eine Mal noch.«

Zufrieden, die richtige Entscheidung getroffen zu haben, stellte sich Paul darauf ein, einfach mitzufliegen. »Ich werde ihm auf dem Flug nichts sagen«, dachte er, »nur beobachten.« Paul legte also seine Bibel und einige Notizen bereit, die er studieren wollte. »Entspannen werde ich, den Sitz zurücklegen und ihm alles überlassen«, sagte er sich.

Steve seinerseits machte sich ganz andere Gedanken. Zum ersten Mal, seit er in Kolumbien als Missionspilot arbeitete, fehlte ihm die Lust zum Fliegen. Er hatte einige ärztliche Untersuchungen und die Pilotenprüfung gerade hinter sich und fühlte sich müde. Außerdem war er wegen seiner Flüge mit Paul öfter von seiner Familie getrennt gewesen. Brauchte sein ältester Sohn nicht seine Hilfe beim Bau einer Burg? Und wartete das Puppenhaus seiner Tochter nicht schon lange darauf, fertiggestellt zu werden, besonders, da ihr Geburtstag kurz bevorstand? Während Steve sich auf den Flug vorbereitete, fragte er sich, was mit ihm los sei. Machte ihm die Mitarbeit, besonders bei medizinischen Einsätzen nicht immer Freude? Wußte er nicht auch, daß Tim krank war und das Flugzeug brauchte? Warum nur hatte er dieses unerklärliche, seltsame Gefühl im Magen? Als er ins Flugzeug stieg, fiel sein Blick auf Bill Post, einem der alten Piloten der Mission, der die finca gerade besuchte. Blitzartig fuhr ihm durch den Sinn: »Ich wette, Bill würde gern mitfliegen.« Er hielt inne und wollte Paul zurufen: »Warum nimmst du nicht Bill an meiner Stelle mit!«

Steves Pflichtbewußtsein siegte jedoch. Er spürte, wie Gott ihm sagte: »Steve, es ist deine Aufgabe.« Geht es nicht darum, die ganzen Flugrouten kennenzulernen und möglichst oft mit Paul zu fliegen? Profitierte nicht die ganze Mission in Kolumbien davon, wenn er von Pauls Erfahrungen lernte?

Die Sonne leuchtete vom strahlend blauen Himmel. Es herrschte ein herrliches Wetter. Die beiden Piloten genossen den Flug. Paul studierte seine Notizen und bereitete sich auf den Nachmittagsbibelkreis zu Hause vor. Auf dem Flug nach Morichal machten sie routinemäßig in La Laguna halt. Dort lebten die Macú, die den Missionaren allmählich mehr und mehr Vertrauen schenkten. Steve und Paul interessierten sich sehr für das Wachstum der Macú-Arbeit, waren sie doch beide an den früheren Versuchen beteiligt gewesen, die Freundschaft dieser Nomaden zu gewinnen.

Während sie sich noch in La Laguna befanden, kam völlig unerwartet eine Funkmeldung von Tim. Sie klang sonderbar und entsprach so ganz und gar nicht seinem Wesen:

»Wann kommst du, Paul?« Tims Stimme zitterte. Seltsam, Tim kannte doch die Flugroute und hatte noch nie während eines Fluges solch eine Frage gestellt.

Mike Gleaves, einer der Macú-Missionare, bediente das Funkgerät. Er hatte das Gefühl, mit Tim stimme etwas nicht.

»Am besten kontrolliert ihr das Dorf, bevor ihr landet«, riet er Paul.

Bevor sie von La Laguna abflogen, luden die Piloten mehrere Kartons voller Zitronen für die Schule auf und tankten noch 45 Liter Kraftstoff. Vielleicht würden sie etwas mehr brauchen, da sie einige Sachen abwerfen mußten, bevor sie weiterflogen, um Cains in Morichal abzuholen.

Während Steve von La Laguna aufstieg, bereitete Paul

den Abwurf vor – Post und Lebensmittel für seinen Sohn Larry, der bei Rich Hess, Gleaves Partner, und den Macú-Indianern weiter im Inland zu Besuch war. Larry hatte seine Schulausbildung abgeschlossen und wollte die Pionierarbeit kennenlernen, bevor die Familie den Heimataufenthalt antrat. Steve und Paul waren beide überrascht und erfreut zugleich, Larry und Rich in der Lichtung zu entdecken, wo die Missionare mit den Macú-Indianern zusammen einen Garten angelegt hatten. Der Abwurf verlief also einfach, und sie brauchten keinen zusätzlichen Kraftstoff, um sie zu suchen. Paul sollte Larry in ein paar Wochen in La Laguna abholen.

Morichal war nur fünfundvierzig Minuten Flugzeit von La Laguna entfernt. Paul wandte sich seinen Notizen über das systematisch aufgebaute Bibelstudium zu. Nach diesem Prinzip lehrte auch Tim die Puinave. Es kam gut an. Nun freute sich Paul darauf, die neuesten Nachrichten von Tim zu hören.

Als sich das kleine Flugzeug Morichal näherte, ballte sich vor ihnen ein gewaltiges Gewitter zusammen, das sich schnell auf die Landebahn mitten im Urwald zuzubewegen schien. Sie flogen auf eine massive, schwarze Wand zu. Blitze zuckten, Donner rollten, ein starker Wind erhob sich. Die Palmen bogen sich unter der Gewalt des Sturms.

Steves Gesicht verriet Besorgnis. Ist es nicht zu gefährlich zu landen? Sollte er umkehren und zurückfliegen? Aber was wird dann aus Tim? Nein! Er war krank, vielleicht sehr krank. Sie mußten es wagen.

Paul überschaute die kritische Situation und erkannte, daß sie mit Gegenwind landen mußten. Er legte seine Bibel und Notizen zur Seite und rückte seinen Sitz zurecht, um notfalls helfen zu können. Das Flugzeug verfügte über eine doppelte Steuervorrichtung. Dieser unerwartete Sturm könnte sie in ernsthafte Gefahr bringen.

»Kontrollier die Piste und schau, ob sie frei ist«, riet Paul. Er dachte dabei an Hunde, Brennholz oder Körbe, die die Frauen häufig auf der Landebahn liegenließen. »So, Steve, jetzt wirst du alles einsetzen müssen, was du je gelernt hast«, fügte Paul hinzu.

Viele Fragen bewegten Steve. »Paul, wollen wir wirklich landen? Vielleicht sollten wir das Dorf erst kontrollieren?« Aber er äußerte seine Bedenken nicht laut. Paul, der erfahrene Pilot war ja dabei. Irgendwie würde es schon gelingen.

Einen Augenblick später geriet das Flugzeug in Turbulenzen. Steve hielt die Kontrollanzeigen fest im Auge und drehte das Flugzeug zum Anflug auf die Piste. Noch ein paar heftige Windstöße, und das Flugzeug setzte auf. Heute war Steve dankbar für das hohe Gras auf der Piste, das das Flugzeug beim Aufsetzen bremste.

»Gratuliere«, schmunzelte Paul. »Gute Landung, Junge! War nicht einfach, bei dem Sturm und solcher Piste, was?« Sie rollten zum Pfad zurück, der ins Dorf führte.

Pauls Stirn legte sich in Falten. Er schaute sich um und schien sichtlich nervös. »Irgend etwas stimmt nicht.« Es fiel ihm auf, daß keine Indianer zu sehen waren. Auch die Cains konnten sie nicht entdecken. Vermutlich halfen die Indianer Tim gerade in der Nähe des Hauses. Vielleicht benötigte Tim sogar Hilfe, um zur Landebahn zu gelangen.

Steve drehte das Heck des Flugzeuges und war gerade dabei, den Motor abzustellen, als Paul wiederholte: »Steve, ich hab ein ungutes Gefühl. Es ist niemand da, kein Mensch.«

»Da!« schrie Steve plötzlich entsetzt auf.

Paul schaute unter dem rechten Flügel den Pfad entlang. »Wo? Ich kann niemanden sehen.«

»Da! Guerillas!«

Jetzt sah Paul sie auch. Zwei kamen von vorn aus dem Urwald auf sie zu und zwei von hinten. Es gab kein Entrinnen mehr. Sie waren gefangen.

Für einen Augenblick erinnerte sich Paul an Steves Worte, als sie vor drei Wochen im Flugzeugschuppen zusammen arbeiteten. »Paul«, sagte Steve, »was würden wir tun, wenn plötzlich Guerillas aus dem Urwald erscheinen und uns angreifen?«

Pauls Antwort lautete: »Wir könnten nichts tun. Ich bin zu dem Schluß gekommen – und darauf will ich mein Leben bauen –, daß Gott nichts zulassen wird, was nicht zu unserem Besten dient. Gott hat uns lieb, und wir lieben ihn. Wir müssen unsere Hoffnung auf Römer 8, Vers 28 setzen. Wenn ich das nicht glaubte, hätte ich schon längst aufgegeben.«

Jetzt war es soweit! Pauls erster Satz klang wie ein Echo nach: »Steve, wir könnten nichts tun!«

Weder Paul noch Steve hatten je einen Guerilla von Angesicht zu Angesicht gesehen, geschweige denn einen bewaffneten. In den Städten unterscheiden sich Guerillas kaum von anderen Menschen. Viele von ihnen sind Intellektuelle. Sie werben Rekruten an, sammeln Informationen, gehorchen einfach den Befehlen ihrer Vorgesetzten. Aber in den kleinen Städten im Inland, wo sie keine Angst vor Polizisten oder Soldaten haben, tragen sie – zumindest teilweise – ihre Tarnanzüge oder sogenannte tigre-Uniformen.

Vier Guerillas standen vor ihnen. Sie sahen mit ihren langen, zerzausten Haaren furchterregend aus und waren bis an die Zähne bewaffnet. An ihren Gürteln hingen Handgranaten. Jeder besaß eine Selbstladepistole. Einer trug sogar ein Maschinengewehr. Auf Paul und Steve wirkten sie wie üble Genossen. Was die Sache noch verschlimmerte, diese Guerillas schienen selber sehr nervös und verängstigt zu sein. Hatten sie nicht gelernt, ja eingetrichtert bekommen, Amerikaner seien verhaßt und gemein?

Die Piloten legten ihre Helme ab.

»Steigt aus!«

Paul und Steve gehorchten. Paul lehnte sich ans Flugzeug.

»Los, weg vom Flugzeug! Hände hoch!« Mit erhobenen Händen entfernten sich die beiden Piloten vom Flugzeug. Je näher die Missionare ihnen kamen, desto weiter wichen die Guerillas Schritt für Schritt zurück. Paul hatte das Gefühl, daß ein verängstigter Guerilla noch gefährlicher sein könnte als ein furchtloser.

Einer der vier Terroristen, den sie als Indianer erkannten, kletterte ins Flugzeug und begann erregt zu suchen –

offensichtlich nach Waffen. Er ließ Steve den Frachtraum öffnen, lehnte jedoch sein Angebot ab, ihm beim Ausladen behilflich zu sein. Die Piloten mußten zusehen, wie der Mann mit der Maschinenpistole ihre ganze Fracht – Zitronen, Gasflaschen für Cains Herd und vieles andere – auf die Piste warf.

In der Zwischenzeit fragte der Anführer: »Seid ihr Amerikaner?«

»Ja«, antworteten beide Piloten.

»Okay, dann seid ihr also Imperialisten und Feinde Kolumbiens!«

»Feinde?« erwiderte Paul. »Vielleicht habt ihr so was gehört, aber wir sind keine Feinde Kolumbiens!«

»Okay, wir sind die F.A.R.C.«, entgegnete der Guerilla. »Habt ihr von der F.A.R.C. gehört?«

»Ja.«

»Wir sind die F.A.R.C., und ab sofort seid ihr in unserer Gewalt! Verstanden?«

Was blieb ihnen anderes übrig! Gewehre waren auf sie gerichtet. Sie warteten auf weitere Befehle.

»Okay, wir haben ein Problem«, fuhr der Anführer fort, »und wenn ihr uns helft, das Problem zu lösen, lassen wir euch frei.«

»Und um was für ein Problem handelt es sich?« fragte Paul.

»Wir wollen, daß ihr zwei unserer Männer zu einer anderen Landebahn fliegt. Braucht man zwei Piloten, um dieses Flugzeug zu fliegen?«

Steve meldete sich schnell zu Wort: »Ja, es macht alles einfacher.«

In Pauls Kopf jagten sich die Gedanken: Steve würde mit diesen Kerlen nicht gern allein fliegen. Außerdem könnte er die Orientierung verlieren, wenn sie ihn außerhalb der normalen Missionsrouten fliegen ließen. Wahrscheinlich wollten sie sowieso nur das Flugzeug und einen Piloten und würden die anderen freilassen. Paul dachte an die Cains und ahnte, daß sie in ihrem eigenen Haus im Dorf gefangengehalten wurden. So meldete er sich zu Wort:

»Wißt ihr, Steve ist ein neuer Pilot. Ich kann allein fliegen.«

»Dann steig ein.«

»Und wo wollen wir hin?« fragte Paul.

»Nun, wir haben ein Problem. Und du wirst uns dabei helfen! Kapiert? Dann lassen wir dich wieder zurückkehren.«

»Aber ich habe nicht genug Kraftstoff, um hin- und zurückzufliegen und dann noch nach Villavicencio zu gelangen.«

»Es sind noch siebzig Liter Kraftstoff drüben im Dorf. Reicht dir das?«

Siebzig Liter! Das war genau die Menge, die Paul kurz vorher für Van Allens bei Tim gelassen hatte. Jetzt wußte er, daß die Guerillas Tims Sachen durchsucht hatten, denn Benzin wurde nicht irgendwo im Freien stehengelassen.

Paul wiederholte seine Frage: »Wo in aller Welt wollen wir hin?«

»Das kann dir egal sein, tu, was wir dir sagen!«

»Aber ich muß doch wissen, wo wir hinfliegen, um sicher zu sein, daß wir genug Kraftstoff haben!«

»Wieviel hast du denn?«

»Etwa genug für zwei Stunden.«

»Das reicht dicke!« Der Guerilla hielt inne. »Und das Wetter? Wie steht's damit?«

Das Gewitter war in südlicher Richtung abgezogen und hatte die Landebahn nicht überquert, aber es blitzte und donnerte noch. Paul fragte: »Das Wetter?« Er machte eine sehr bedenkliche Miene. »Ziemlich schlimm!« Paul wollte Tim und Bunny wenigstens sehen und versuchte, seinen Abflug zu verzögern.

»Wirklich, es sieht nach Regen aus. Ein echtes Sauwetter!«, fügte Steve hinzu.

Der Guerilla durchschaute ihre Absicht und befal in strengem Ton: »Steig sofort ein! Wir fliegen, und zwar jetzt!« Dabei richtete er sein Gewehr auf Paul.

Paul kletterte ins Flugzeug. Zwei Guerillas stiegen mit ein. Einer richtete sein Gewehr von hinten auf ihn, der Gewehrlauf des anderen berührte Pauls rechte Seite. Er wollte gerade seine eigenen Schlüssel aus der Tasche nehmen, als ihn ein Gedanke blitzartig durchfuhr, ein Gedanke, den kein anderer als Gott ihm eingegeben hatte: »Halt Paul, nein! Vielleicht brauchst du später diese Schlüssel!« Also sprach er Steve durchs Fenster an:

»Steve, ich brauche die Schlüssel.«

Steve gab sie ihm wortlos. Dieser kleine Austausch ließ die Guerillas zweifellos im Glauben, Steve hätte die einzigen Schlüssel zum Flugzeug.

Paul steckte den Schlüssel in die Zündung.

Der Guerilla mahnte ihn zur Eile. »Vamos«, sagte er. »Gehen wir!«

»Ich bin es gewohnt, den Flug Gott anzubefehlen.«

»Vámonos (na los)!«

Paul verstand darunter soviel wie: »Na los, bete!« Er neigte den Kopf und befahl den Flug mit vernehmbarer Stimme Gott an. Sein ganzes Leben legte er in Gottes Hände. Niemand unterbrach ihn.

Draußen vor dem Fenster sprach einer der Guerillas Steve überrascht an:

»Mensch, der betet doch, oder?«

»Richtig«, erwiderte Steve und versicherte ihm, daß das ganz normal wäre.

Steve und Paul sahen sich in die Augen, bevor sie sich voneinander trennten. Steve winkte Paul ermutigend zu, und Paul warf Steve einen bedeutungsvollen, beruhigenden Blick zu.

»Bis später«, sagte er. Aber in seiner Stimme lag Ungewißheit.

Während das Flugzeug ans Ende der Piste rollte, zeigte Steve auf die Gasflaschen und Zitronenkisten, die mitten auf der Bahn standen. »Wir müssen die Sachen wegräumen, damit das Flugzeug starten kann!«

Der Indianer übernahm sofort die Führung, und zu dritt räumten sie die Fracht von der Piste. Sie standen da und sahen zu, bis das Flugzeug in der Luft schwebte. Dann schoben die Guerilleros Steve zum Pfad, der ins Dorf führte.

Auf dem schweigsamen Marsch ins Dorf hatte Steve Zeit zum Nachdenken. Deutlich erinnerte er sich an Pauls Worte: »Gott wird nicht zulassen, daß uns etwas zustößt, was nicht zu unserem Besten dient.« Es war gut, daß dieses Wort sich rechtzeitig eingeprägt hatte. Während er jetzt darüber nachdachte, fiel ihm 2. Timotheus 1,7 ein: »Gott hat uns nicht den Geist der Furcht gegeben, sondern den Geist der Kraft und der Liebe und der Besonnenheit.«

Er war froh, daß Paul seine Bibel im Flugzeug hatte. Gott erinnerte ihn noch an eine andere tröstliche Stelle: »Wer festen Herzens ist, dem bewahrst du Frieden; denn er verläßt sich auf dich.« (Jesaja 26,3)

Steve kannte Morichal nur von der Luft aus. Da waren der kleine Fluß, der sich wie ein silbernes Band durch den Urwald schlängelte und die Landebahn vom Dorf trennte, und die kleine Kirche am Ende der Reihe strohbedeckter Häuser. Jetzt, wo er das Dorf vom Boden aus betrachtete, sah es weniger einladend aus, als er es sich vorgestellt hatte. Kein Indianer war zu sehen.

Als sie sich dem Dorf näherten, entdeckte Steve Bunny vor einem der Häuser. Sie hielt den Kopf gesenkt. Als Steve näherkam, sah sie auf und erschrak. Ohne etwas zu sagen, ging sie ins Haus, um Tim zu berichten.

Tim und Bunny hatten das Flugzeug gehört. Als es nicht wie gewohnt über dem Dorf kreiste, stutzten sie. Sie waren sich nur wenig des Sturms draußen auf der Landepiste bewußt und erkannten ihn nicht als Gefahr für das Flugzeug. Deutlich vernahmen sie, wie das Flugzeug landete. Schokkiert und zutiefst erschrocken erkannten sie: das Missionsflugzeug war in einen Hinterhalt geraten.

Tim weinte, wie Bunny ihn in den zwölf Jahren ihrer Ehe nie hatte weinen sehen. Er kam sich vor wie ein Verräter an Paul und Steve.

»Bunny«, schluchzte er, »ich hätte den Guerillas nein sagen können, als sie mir befahlen, das Flugzeug zu rufen! Warum habe ich es nicht getan?«

Bunny versuchte, ihn zu trösten. »Aber Schatz, du hast alles versucht, was möglich war. Paul und Steve kannte die

Signale. Gott muß es so gewollt haben, sonst hätte er es nicht zugelassen!«

Die beiden Guerillas waren stolz, Steve in Cains Haus zu führen. Was für ein Erfolg! Ein Flugzeug und zwei Piloten! Tim und Bunny senkten ihre Köpfe. Tränen der Verzweiflung flossen über Tims Gesicht.

»Herr, warum hast du es zugelassen, daß sie landen?« murmelte er. »Warum?«

Ohne aufzublicken, richtete er die Frage an Steve: »Warum seid ihr gelandet? Warum bloß?« Mehr konnte Tim nicht sagen.

Steve versuchte, ihn zu trösten. »Gott selber wollte, daß wir landen. Mach dir keine Vorwürfe! Wir ahnten, daß hier etwas nicht in Ordnung war, Tim. Glaub mir, es liegt nicht an dir!«

Steve wurde in ein anderes Zimmer geführt, damit er sich nicht mit den Cains unterhalten konnte. Kein Flugzeug. Kein Paul. Und jetzt waren ihm auch die Cains genommen. Er wandte sich an Gott. Er brauchte Ermutigung.

Die Trennung dauerte zum Glück nicht lange. Die Guerillas hatten nicht damit gerechnet, daß die Indianer sich einmischen würden. Die Puinave jedoch machten deutlich, daß sie nicht einverstanden waren, wie man mit Steve umging. Sie kannten ihn als Freund von Tim und Bunny.

Tim beobachtete die Puinave, wie sie zum Fluß gingen und zurückkehrten. Die Guerillas hielten sie für friedvolle Indianer, aber Tim konnte an ihren Gesichtern ablesen, daß sie ihren Zorn nur schwer zu unterdrücken vermochten. Sie sorgten sich um Tim und Bunny und waren aufgebracht, daß man sie so behandelte. Jetzt setzten sie sich auch für Steve ein.

»Ihr behauptet, ihr seid gute Menschen. Warum behandelt ihr diese Missionare so?« fragten die Indianer die Bewacher. »Sind sie nicht wie unsere Landsleute? Sie sprechen dieselbe Sprache. Laßt sie doch zumindest zusammenbleiben!«

Erstaunlicherweise willigten die Guerillas sofort ein und erlaubten Steve, bei den Cains zu bleiben.

Das erste, worum Steve bat, war eine Bibel. Er war froh, den Cains die Verse sagen zu können, die ihn auf dem Weg von der Landebahn so getröstet hatten. Dann sah Steve sich nach Möglichkeiten um, ihnen zu helfen. Zu manchen Zeiten schienen die Bewacher entspannter. Sollte er in diesen Augenblicken vielleicht das Funkgerät so manipulieren, daß kein Flugzeug mehr gerufen werden konnte?

Steve machte sich Gedanken über die Zukunft. Er schlug vor, nichts offen liegen zu lassen, für das sich die Guerillas interessieren könnten. Mit Tims Unterstützung, der in der Hängematte lag, half Steve Bunny, Adressenbücher, Bücher, Bilder u. ä. zu beseitigen. Zu leicht könnte die Familie mit in die Affäre hineingezogen werden. Aber als seine eigenen Familienbilder an der Reihe waren, zögerte er. Er brachte es nicht übers Herz, sie zu zerstören. »Bitte, zerreiß du sie für mich, wirf sie weg«, bat er Bunny und reichte ihr seinen kostbaren Schatz.

Vergeblich wartete Steve auf die Rückkehr der Cessna. Er wünschte sich, er könnte den Worten des Guerillas an Paul trauen: »Dann kannst du zurück.« Aber als es dunkel wurde, wich jeder Funken Hoffnung. Ihm fiel auf, daß die Bewacher die Rückkehr des Flugzeugs offenbar gar nicht erwarteten.

Steve bedeutete für die Cains in dieser Nacht eine große innere Stütze. Er gab ihnen weiter, was Gott ihn gerade gelehrt hatte: Diese ganze verworrene Situation wollte Gott zu ihrem Besten dienen lassen. So befahlen sie sich, Paul, ihre Familien und alle Beteiligten Gott an, getröstet in dem Wissen, daß viele Leute für sie beteten. Ihre ganz besondere Bitte galt Paul: »Ach, Herr, gib, daß er sich keine Vorwürfe macht, weil er Steve landen ließ! Amen.«

3. Reaktionen in der Außenwelt

Bob Van Allen war der erste, der wegen der verzögerten Rückkehr des Flugzeugs Alarm schlug. Selbst immer noch nicht gesund, freute er sich darauf, seinen kranken Partner Tim wiederzusehen. Er hörte die Funkverbindungen ab und wartete auf eine Nachricht der Piloten.

Bob wußte, daß Paul an jenem Nachmittag bis 16 Uhr wieder zurück sein wollte. Wichtige Termine hingen von der pünktlichen Rückkehr des Flugzeuges ab. Männer von der Elektrizitätsgesellschaft, die draußen an der Schule gearbeitet hatten, wollten nach Villavicencio zurückgeflogen werden. Der sechs Minuten lange Flug hätte eine Stunde Fahrt mit dem Wagen erspart. Dann wartete ein Mann auf ein Bibelstudium mit Paul, der für 16 Uhr am Samstagnachmittag verabredet war. Als die Uhr bereits 16.30 Uhr zeigte, wuchs Bobs Besorgnis.

Er suchte den Feldleiter Macon Hare Junior auf, der sein Büro in der Nähe hatte.

»Hallo, Macon! Ich mache mir Sorgen um Paul und Steve. Sie hätten schon längst hier sein müssen! Ich frage mich, ob etwas nicht stimmt.«

Macon wollte kein Panikmacher sein. »Geben wir ihnen noch etwas Zeit. Warten wir – na sagen wir – bis 17 Uhr.«

In ihrem Haus auf der finca war Mary seit Abflug des Flugzeugs am Vormittag am Funkgerät sitzen geblieben. Sie konnte sich das Schweigen vom Flugzeug und vom Funkgerät in Tims Haus in Morichal nicht erklären. Nur ein einziges verstümmeltes Wort war kurz nach 15 Uhr durchgekommen. Was hatte Paul wohl gesagt? Es hörte sich an wie »Levi« oder so. Jedenfalls nicht wie »Flug ins Blaue«, das gefürchtete Signal für eine Entführung. Ohne Zweifel hatten Paul und Steve die Cains abgeholt und befanden sich auf dem Rückflug, als sie versuchten, Kontakt aufzunehmen. Vielleicht stimmte etwas nicht mit dem Radio.

17 Uhr: Keine Nachricht.

17.30 Uhr: Immer noch keine Nachricht. Keine Funkverbindung.

Macon machte sich auf den Weg zum Flughafen, um der zivilen Luftfahrtbehörde Bericht zu erstatten. Aber die Flughafenbüros, normalerweise bis 18 Uhr geöffnet, waren alle geschlossen.

19.30 Uhr: Kein Lebenszeichen. Seit anderthalb Stunden war es dunkel. Auf der finca spürte man zunehmende Unruhe und Besorgnis. Entweder das Funkgerät hatte versagt, oder dem Flugzeug war etwas zugestoßen. Oder – ein Gedanke, den niemand wahrhaben wollte – waren sie vielleicht von Guerillas in eine Falle gelockt worden?

Am Abend rief Macon JAARS, den Flugzweig der Sommerschule für Linguistik (SIL), an, um anzufragen, ob sie am nächsten Tag ein Suchflugzeug nach Morichal schicken könnten. Sie erklärten sich bereit, frühmorgens abzufliegen.

Nun telefonierte Macon mit dem Missionshauptquartier in Sanford/Florida, um das Flugzeug als vermißt zu melden – zusammen mit den vier Missionaren, die vermutlich an Bord waren: Tim und Bunny Cain, Paul Dye und Steve Estelle.

Als Reaktion auf diese Schreckensnachricht setzte eine Welle des Gebets ein. Vom Hauptquartier aus rief man Verwandte der vier Missionare an. Die Verwandten benachrichtigten andere. Einige Gemeinden wurden ebenfalls informiert und schlossen sich der Mission im Gebet an, obwohl niemand so recht wußte, wie man beten sollte.

An diesem Samstag abend ging Steves Frau Betsy unruhig ins Bett. Es war nicht das erstemal, daß sie sich ausmalte, wie es sein könnte, morgens als Witwe aufzuwachen.

Betsy erinnerte sich an eine Zeit vor 1974, als Steve sein Pilotentraining noch nicht begonnen hatte. Er arbeitete mit anderen Missionaren zusammen, die eine Kontaktaufnahme mit den Macú anstrebten. Eines Nachts hatten die Macú sich gegen sie gewandt und das »starke Haus« – ein Haus aus Baumstämmen, in dem die Missionare wohnten – angegriffen. Noch deutlich klangen ihr die letzten Worte der Funkverbindung an diesem Abend in den Ohren: »Wir wissen nicht, ob wir bis zum Morgen aushalten können oder nicht.«

Jetzt, am 5. Oktober 1985, tröstete sich Betsy mit der Erinnerung, daß Steve am nächsten Tag noch am Leben war und alle Männer aus der Gegend evakuiert werden konnten. Nach diesem Vorfall richteten die Missionare ein neues Zentrum in La Laguna ein, wo sie der Gefahr weniger ausgesetzt waren. So wollte sie auch dieses Mal auf das Beste hoffen.

Betsy entschloß sich, den Kindern erst am folgenden Tag etwas zu sagen, wenn sie Nachrichten vom Suchflugzeug erhalten hatten. Aber irgendwie ahnten die Kinder, daß etwas nicht stimmte. An diesem Abend blieben sie lange auf, kuschelten sich eng an ihre Mutter und machten ihrem Herzen Luft:

»Meinst du, Mama, die Guerillas halten Papa vielleicht gefangen?« fragte die neunjährige Kimberly mit Tränen in den Augen.

Aber auf wunderbare Weise bereitete Gott die Herzen der Kinder vor. Sie lasen gerade zusammen ein Buch über eine Entführung. Aus allem schrecklichen Geschehen leuchtete ein Bibelvers heraus: »Wir wissen aber, daß denen, die Gott lieben, alle Dinge zum Besten dienen.«

Kimberly erzählte ihrer Mutter die Geschichte. Sich selbst Mut zusprechend, fügte sie hinzu: »Mama, es stimmt doch, daß uns alles zum Besten dienen muß?« Betsy nickte, nahm ihre Kinder in die Arme und bald schliefen sie fest ein.

In Morichal kämpfte Steve Estelle verzweifelt mit dem Schlaf. Jetzt verstand er, was Tim und Bunny meinten, wenn sie sagten, sie könnten kein Auge zutun. Alle zehn Minuten leuchtete ein Guerilla ihnen mit einer Taschenlampe in die Augen. Er war froh, als es endlich hell wurde.

Schnell stand er von seiner Hängematte auf, bereit, dem neuen Tag zu begegnen. Die sanitären Einrichtungen bei Cains waren relativ komfortabel. Das kleine Nebengebäude, das Tim mit Hilfe der Puinave gebaut hatte, stand nur ein paar Meter von der Hintertür des Hauses entfernt. Wenn er baden wollte, begleitete ihn ein Guerilla zum kleinen Fluß in der Nähe des Hauses.

Wie wünschte Steve sich jetzt, er hätte frische Kleidung und eine Zahnbürste mitgenommen wie Paul. Betsy hatte ihm eine Zahnbürste mitgeben wollen, aber er hatte lächelnd abgelehnt: »Ach was, ich brauch doch keine Zahnbürste!«

Betsy hatte ihn schelmisch angeschaut: »Und wenn du auf irgendeiner komischen Landebahn steckenbleibst?« Jetzt erinnerte er sich an ihre Worte. »Mensch! Das nächste Mal nehme ich bestimmt eine Zahnbürste und frische Kleidung mit«, sagte er sich und verzog das Gesicht.

An diesem Morgen lieh ihm Tim seine Zahnbürste und bot ihm schmunzelnd frische Kleider an. Tim war kräftig gebaut, während Steve sehr schlank war. Tims Hemd konnte er gerade noch tragen, aber in der Hose sah er aus wie ein Schneemann. Er wollte es nicht riskieren, von den Guerillas ausgelacht zu werden, also behielt er lieber seine robuste Jeans an.

Von der Haustür aus konnte Steve eine Reihe von Puinave beobachten, die zum Fluß gingen. Die Frauen trugen ihre Wassertöpfe, manchmal auch einen Säugling auf dem Rücken – die Männer Handtücher, Zahnbürsten und Zahnpasta. Zahnpasta gehörte zu den Lebensnotwendigkeiten. Ebenso das morgendliche Bad, ohne das kein Tag beginnen konnte, auch wenn man sich nicht mehr als den Schlaf aus den Augen wusch. Worüber Steve sich jedoch wunderte, war der Weg, den die Leute zum Fluß einschlugen. Jede Familie hatte normalerweise einen Pfad zum Fluß getrampelt, genauso wie die Cains auch. Jetzt nahmen die Puinave bewußt Cains Pfad zum Fluß, um sie im Auge zu behalten. War alles in Ordnung? Wie wurden sie von den Guerillas behandelt? Für Tim und Bunny, die sich so eingeschlossen und von den Menschen abgeschnitten fühlten, bedeutete diese Nähe eine große Freude und Ermutigung.

Draußen im Dorf gingen die Puinave leise umher und halfen einem von ihnen bei seinen Reisevorbereitungen. Beauftragt von den Gläubigen, sollte er den Christen in Moskito Creek, eine Tagesreise flußabwärts entfernt, ankündigen, daß die Konferenz in der nächsten Woche nicht stattfinden würde. Tim hatte dieses Treffen zum Bibelstudium für drei andere Puinave-Gruppen, die er unterrichtete, geplant.

Der Mann mußte dazu die Genehmigung der Guerilleros einholen – eine Einschränkung, die einem Indianer sehr fremd ist. Da er jedoch um Erlaubnis bat, seine Familie mitzunehmen, konnten viele mitreisen. Am Morgen fuhren zwei Einbäume ab, vollbeladen mit der ganzen Habe der Familie, plus Neffen, Cousins, Freunde – junge Menschen, die nicht gezwungen werden wollten, in der Guerilla-Armee mitzukämpfen.

Es war gegen 8 Uhr. Bunny bereitete gerade das Frühstück vor, als das Brummen eines Flugzeugs die Stille des Sonntagmorgens unterbrach. Nervosität breitete sich unter den Guerillas aus. Einige von ihnen versteckten sich sofort unter den Bäumen in der Nähe der Häuser. Der Gedanke an die Polizei oder die Armee versetzt selbst einen aufständischen Terroristen in Schrecken. Das Flugzeug flog zunächst sehr hoch, kam dann tiefer und kreiste etliche Male über dem Dorf.

Steve identifizierte es in der Zwischenzeit als ein Flugzeug der JAARS, das speziell für Urwaldlandebahnen geeignet ist. Ohne Zweifel war es geschickt worden, um sie und die Cessna zu suchen. »Bitte, nein!« stöhnte er. »Ein zweites Flugzeug fehlt uns gerade noch!«

Die drei gefangenen Missionare fingen an zu beten. Nein – sie schrien zu Gott, wie Tim und Bunny am Vortag es getan hatten: »Schick es weg, o Herr! Bitte laß es nicht landen! Wie können wir hier mit noch mehr Problemen fertigwerden?«

Tim, mit seinen geschwollenen Beinen, seinen Schmerzen, dem anhaltenden Fieber und allgemeinen Unwohlsein, litt immer noch mehr unter der Landung der Cessna als unter den physischen Schmerzen. Jetzt, rang er mit Gott: »Bitte, Herr, laß es weiterfliegen!«

Die Guerillas berieten sich. Dann unterbrachen sie polternd die Gebete der Missionare: »Kommt mit zur Landebahn!« befahlen sie Bunny und Steve. Sie verschonten Tim, der kaum fähig war, auch nur einen Schritt zu gehen.

Im Gänsemarsch machten sie sich auf den Weg: ein Guerilla, dann Steve, Bunny und noch ein Guerilla. Die beiden Guerillas, die ein ziemlich flottes Tempo angaben, bewachten ihre Gefangenen etwas nachlässig. Zeitweise war Steve besorgter um die nachlässige Art, wie sie mit ihren Gewehren und Handgranaten umgingen als darüber, daß sie sich bewußt entschließen könnten, die Missionare zu erschießen! Unterwegs begann der Anführer, Steve in die Rolle einzuführen, die er zu spielen hatte.

»Hör zu! Du mußt das Flugzeug zum Landen bewegen!« sagte er scharf. »Tu genau, was wir dir sagen, sonst erschießen wir dich!« Aber während er diese Worte sagte, entfernte sich das Flugzeug wieder und verschwand.

Steve atmete erleichtert auf und dankte Gott für die Erhörung ihrer Gebete. Sie blieben ein paar Minuten auf dem Pfad stehen und warteten ab, ob das Flugzeug zurückkehren würde. Unschlüssig schickten die Guerillas Bunny wieder zu Tim nach Hause, während sie mit Steve weiter in Richtung Landebahn marschierten.

Dort stellten sie Steve gut sichtbar mit einem weißen Handtuch auf die Landebahn. Sie selber gingen in den Urwald, der die Landebahn auf beiden Seiten säumte. Steve sollte mit dem Handtuch winken und versuchen, das Flugzeug zur Landung zu bringen, während sie etwa zwanzig oder fünfundzwanzig Meter hinter ihm standen, die Gewehre auf seinen Rücken gerichtet. Unbarmherzig brannte die Sonne auf ihn herab. Schwärme von Insekten stürzten sich auf ihn.

Tatsächlich kehrte das Flugzeug zurück. Steve wagte es nicht zu glauben. Er wußte nicht, daß es nur weitergeflogen war, um eine andere Landebahn zu kontrollieren. Was konnte er nur tun, um eine Landung und ein neues Unglück zu verhindern? Zweifellos erwartete die Maschine und ihre Piloten das gleiche Schicksal wie ihn. Schon erhielt er Befehle von hinten: »Wink mit der Fahne, los!« Die Worte des Guerillas klangen drohend.

Steve versuchte, Zeit zu gewinnen, indem er fragte, auf welche Weise er mit dem Handtuch winken sollte. Sie schienen selber nicht so sicher, hatten sie doch gerade erst von jemandem erfahren, daß das Winken mit einer Fahne für das Missionsflugzeug ein Signal zur Landung bedeutete. Steve ließ sich trotzdem genau zeigen, wie er damit zu winken hatte.

»So?« Er winkte mit dem Handtuch nach unten. »Oder so?« Diesmal winkte er etwas anders.

»Ja, ja«, sagten sie. »Wink einfach!«

Etwas unbeholfen winkte Steve mit dem Handtuch, schaute dabei geradeaus und betete. Mit seiner freien Hand schlug er nach den Insekten an seinem Hals.

»Ist es so in Ordnung?« fragte er die Guerilleras.

»Prima! Du machst es gut!« Sie spornten ihn an. Hauptsache er winkte. Sie wußten allerdings nicht, daß das Fahneschwenken nur ein Signal für die Flugzeuge der New Tribes Mission war, aber nicht für andere.

Steves steife, soldatenmäßige Haltung fiel den Piloten des Helio auf. Mit Sicherheit würde er aus eigenem Antrieb nicht so winken. Außerdem hatten sie Befehl, nicht zu landen. Schließlich flogen sie im Tiefflug über die Landepiste, so als ob sie landen würden. Steve fühlte sich frei, mit dem Winken aufzuhören. Die Maschine startete wieder durch und entschwand bald ihren Blicken.

Die Guerillas brüllten Steve wütend an, weil es ihm nicht gelungen war, das Flugzeug zum Landen zu bringen. »Warum ist es nicht gelandet?«

»Ich weiß es nicht«, wich Steve aus. »Vielleicht, weil sie nur einen Ausländer hier draußen sahen.«

»Blödsinn! Meinst du, wir glauben dir das?« konterten sie aufgebracht. »Du siehst nicht wie ein Ausländer aus, eher wie ein Kolumbianer.« Steve war etwas dunkelhäutig und mittelgroß.

»Wenn es noch einmal zurückkommt, dann knall' ich's ab!« protzte einer der Guerillas. »Leute, das ist ein Erlebnis, ein Flugzeug abzuschießen! Einmal hab ich's schon gemacht.«

»Aber es ist doch ein Helio-Kurier!« rief Steve erregt und versuchte, wieder Zeit zu gewinnen.

»Was ist es?« fragten sie, während das Flugzeug noch einmal vorbeiflog.

»Ein He-li-o-Ku-rier.« Steve sprach das englische Wort gedehnt mit spanischem Akzent aus. Bis er fertig war, verschwand das Flugzeug endgültig.

An jenem Sonntagmorgen, dem 6. Oktober, um 6 Uhr, war Macon wieder zum Flughafen gefahren, um das Flugzeug als vermißt zu melden. Er erfuhr, daß Paul am Tag zuvor durch einen anderen Piloten seine Landung in Morichal per Funk gemeldet hatte. Die zivile Luftfahrtbehörde hegte den Verdacht einer Geiselnahme durch Guerillas.

Macon meldete es auch der amerikanischen Botschaft. Er war dazu verpflichtet, wenn ein amerikanisches Mitglied der Mission als vermißt galt. Auch bei anderen Organisationen suchte er Rat. Ein Mann zeigte sich ziemlich optimistisch:

»Das passiert immer mal wieder«, meinte er. »Sie gebrauchen ihr Flugzeug für einen Flug und lassen die Piloten wieder gehen. Ihre Leute werden heute nachmittag wieder zurück sein. Machen sie sich keine Sorgen!«

Macon war sich gar nicht so sicher.

Der Gottesdienst morgens fand wie üblich auf der Station statt. Pat Dye, Pauls Frau, spielte Klavier. Connie Cain, Tims Vater, leitete den Gottesdienst. Am Ende seiner Predigt las er einen Vers vor, der ihm morgens, bei der Bibellese aufgefallen war.

»Ihr sollt wissen, daß unser Bruder Timotheus wieder frei ist; mit ihm will ich euch besuchen, sobald er kommt« *(Hebräer 13,23).*

In den Gesichtern stand Besorgnis, Angst. Manche wischten sich verstohlen Tränen aus den Augen.

Macon wußte, daß es zu handeln galt. Er telefonierte mit Mitgliedern des Vorstands in Sanford/Florida, im besonderen mit seinem Vater, Macon Hare, und mit Mel Wyma, die beide Missionserfahrung hatten. Gemeinsam trafen sie die Entscheidung, die Medien nicht zu informieren.

Al Meehan, einer der beiden JAARS-Piloten, die das Helio über Morichal geflogen hatten, traf sich mit Macon in Villavicencio. Er bat um ein Foto von Steve Estelle und bestätigte, daß es tatsächlich Steve war, den er auf der Landebahn in Morichal gesehen hatte. Wie gern hätte Al ihn im Vorbeifliegen mitgenommen!

Al berichtete von Gasflaschen und Kisten voller grüner Früchte, vielleicht Zitronen, die er am Rand der Landebahn gesehen hatte. Außerdem hatte er zwei Kanus mit Indianern beobachtet, die das Dorf verließen. Die Kanus waren so voll mit Menschen, daß er den Eindruck gewann, die Indianer evakuierten das Dorf. Nur an einem Ende des Dorfes entdeckte er zusammengekauert ein paar Indianer in einer Hütte – untypisch für die Puinave, die sich normalerweise ganz aufgeregt gebärdeten, wenn sie ein Flugzeug erspähten.

Und wo war die Cessna? Obwohl das Helio andere Landebahnen in der Nähe überflogen hatte, war sie nirgendwo zu entdecken. Man sah auch zu keiner Zeit ein Leuchtfeuer als Zeichen einer Notfallmeldung.

Bis zu diesem Moment war angenommen worden, alle vier wären zusammen im Flugzeug. Jetzt zweifelte niemand daran, daß Guerillas das Flugzeug in eine Falle gelockt und Paul gezwungen hatten, weiterzufliegen. Ohne Zweifel würde dem Verbrechen eine Forderung nach Lösegeld folgen. Einige Jahre zuvor hatte die Mission mit allen Mitgliedern die Entscheidung getroffen, grundsätzlich kein Lösegeld für einen Missionar zu zahlen. Das Zahlen eines Lösegeldes hatte sich erfahrungsgemäß zugunsten der Guerillas ausgewirkt.

Macon starrte in das Dunkel der Nacht. Bahnte sich ein Unglück an? Mußte Macon anhand der Tatsachen, die ihm bekannt waren, die Cains und die beiden Piloten für Gefangene in einer Todeszelle halten? Es gab keinen Ausweg für sie, außer durch ein Wunder. Aber um dieses Wunder wollte er Gott bitten. Vor allen Dingen bat er Gott, das zu tun, was ihm am meisten Ehre bringen würde. Mit ihm beteten auch alle anderen auf der finca. Die gemeinsame, schwere Last schweißte sie fest zusammen.

Verschiedene Leute fragten die Frauen der Piloten, Pat und Betsy, was sie für sie tun könnten. Einer der Lehrer, selber Zimmermann von Beruf, bot sich an, das Puppenhaus fertigzustellen, das Steve für den Geburtstag seiner Tochter Kimberly bauen wollte. Der zwölfjährige Luke Dye und der elfjährige Jason Estelle wurden plötzlich die besten Freunde. Das Bangen um ihre vermißten Väter verband sie. Die Töchter der Cains, froh, daß ihre Großeltern auf dem Schulgebäude wohnten, baten Gott inständig, ihre Eltern durch ein Wunder zu befreien. Gerade die Kinder schienen überzeugt, daß Gott sich um die entführten Missionare kümmerte.

In den Vereinigten Staaten, Kanada und England nahmen Eltern und Verwandte der Missionare Kontakt mit anderen Eltern und Verwandten auf. Eine Gebetskette entstand. Die Studenten und Mitarbeiter in zehn Schulungszentren der New Tribes Mission fingen an zu beten und motivierten ihre Heimatgemeinden zum Gebet. Sogar Gemeinden, die die Mission nicht kannten, begannen zu beten, bevor die Nachrichten die Medien überhaupt erreichten. Jedem war bewußt, man hatte es nicht nur mit politischen Gegnern, sondern mit echten Feinden Gottes zu tun, Menschen, die geschult waren, an eine Sache zu glauben, die Gott verleugnet.

4. Flug ins Blaue

Nachdem er mit den Guerillas von Morichal gestartet war, kreiste Paul über dem Dorf in der Hoffnung, Tim und Bunny zu sehen. Aber seine Hoffnung wurde enttäuscht. Nur die Indianer standen vor ihren Häusern und schauten nach oben. Normalerweise freuten sie sich riesig, wenn das Flugzeug über sie hinwegflog, aber heute winkte niemand. Es schmerzte Paul zu sehen, wie sie mit trauriger Miene und hängenden Armen dastanden. Sie konnten nun wirklich nichts dafür, daß er gelandet war!

Blitzartig ging Paul ein Ereignis von früher durch den Sinn, als er bei einem anderen Stamm die Landeerlaubnis falsch interpretiert hatte. Ein Indianer hatte ihm ein Zeichen gegeben, nicht zu landen. Paul aber legte es anders aus. Er setzte zur Landung an. Sofort hatte er gespürt, daß etwas nicht stimmte. Die Indianer machten alle möglichen Verrenkungen mit ihrem Armen. Als Paul gerade im Begriff war, den Motor abzustellen, lief ein mutiger Indianer auf das Flugzeug zu und rief erregt:

»Flieg weiter, schnell! Guerillas! Sie haben sich im Urwald verborgen und warten darauf, daß das Flugzeug anhält!« Geistesgegenwärtig startete Paul durch und entkam.

Aber diesmal war es anders. Die Dorfbewohner in Morichal hatten ihre Signale nicht durcheinandergebracht. Wenn Steve und er bloß erst über dem Dorf gekreist wären!

Pauls Gedanken wurden jäh unterbrochen durch die energische Stimme eines Guerillas: »Weiß du, wo die Fulano-Landebahn ist?«

»Ja.« Paul nickte.

»Gut, da wollen wir dann hin.«

Paul wählte die kürzeste Strecke und ließ den Fluß südlich von ihnen liegen. Der Mann war beunruhigt. »Wo fliegst du mit uns hin?«

»Wollt ihr nicht zur Fulano-Landebahn?« fragte Paul.

»Ja, schon. Aber du entfernst dich immer weiter vom Fluß!«

»Ich flieg den kürzesten Weg. Was dagegen?« erwiderte Paul und tat so gelassen, wie er konnte. Der Mann wirkte immer noch beunruhigt. Dann aber erblickte er tatsächlich die Landebahn in der Ferne. Erleichtert atmete er auf.

An der Landepiste standen acht Guerillas in Uniform, mit Gewehren und Handgranaten ausgerüstet, wie Pauls »Fluggäste« auch. Der eine, der sein Gewehr auf Pauls Rükken gerichtet hatte, stieg aus der Maschine und verschwand mit den acht Guerillas. Der Mann neben Paul nahm ihm die Schlüssel ab, stieg aus und richtete sein Gewehr auf ihn.

»Beweg dich nicht! Bleib, wo du bist!«

Nun trat eine Frau aus einem Haus neben der Landebahn und brachte einige Dosen Bier. Eine reichte sie dem Guerilla, der Paul bewachte. Dann bot sie auch Paul eine Dose an.

»Danke, nein«, erwiderte Paul. »Ich trinke kein Bier.«

»Wie wär's mit Limonade?«

Paul nahm das Angebot dankbar an. Die Frau ging zum Haus zurück und brachte Limonade. Paul beobachtete sie und dachte: »Was in aller Welt tut eine junge Frau in solcher Gesellschaft? Sieht sie nicht aus wie eine nette, gepflegte Studentin, obwohl sie die gleiche Ausrüstung wie die Männer trägt? – Gewehre, Handgranaten, Tarnanzug. Wahrscheinlich von derselben Lehre durchdrungen.«

Paul spürte großen Durst und freute sich über die Limonade. Aber die Sache mit dem Bier erregte Besorgnis in ihm. »Mensch, wenn diese Kerle schlimmer werden, nachdem sie sich mit Alkohol gestärkt haben! Nicht auszudenken!«

Dann hörte er, wie ein Boot mit Außenbordmotor sich ihnen auf dem nahen Fluß näherte. Die Spannung schien unerträglich. Immer noch war der Gewehrlauf auf ihn gerichtet.

Etwa zwanzig Minuten später legte das Motorboot an. Ein Guerilla-Kommandant und eine Guerilla-Kämpferin schritten auf ihn zu. Beide trugen die üblichen Waffen. Der Kommandant jedoch statt des Tarnanzugs eine Militäruniform. Er war leicht gebaut, mittelgroß und hatte lockige Haare, die ihm unbändig ins Gesicht hingen.

»Hola!« Der Kommandant begrüßte Paul auf Spanisch. »Wir wollen, daß du noch einen Flug für uns machst, bevor wir dich entlassen!« sagte er bestimmt, aber höflich.

»Und wohin?« Langsam glaubte Paul nicht mehr daran, daß sie ihn gehen lassen würden. Es war ohnehin schon zu spät am Abend, um nach Morichal zurückzufliegen.

»Wohin – das muß dich nicht interessieren. Wieviel Kraftstoff hast du im Flugzeug?«

Paul versuchte, ruhig zu bleiben. »Nun, ich hatte Benzin für zwei Stunden und bin jetzt eine halbe Stunde geflogen. Also reicht der Tankinhalt noch für anderthalb Stunden.« Paul zählte seine Reservekanister nie mit. Und die fünfundvierzig Liter, die er in La Laguna zusätzlich mitgenommen hatte, waren längst vergessen.

»Müßte reichen«, versicherte der Kommandant. Daraufhin stieg er ein und setzte sich neben Paul. Der Guerilla, der auf der ersten Etappe neben Paul gegessen hatte, nahm den Platz hinter ihm ein. Die Frau setzte sich hinter den Kommandanten.

»Gut, es kann losgehen!« rief der Kommandant.

»Erlaubt mir, daß ich zuerst bete«, sagte Paul und fing an zu beten. Erstaunlicherweise blieben die Guerillas ruhig, während Paul für den Flug betete. Auch später fiel keine Bemerkung darüber.

Sobald sie aufgestiegen waren, begann Paul erneut nach der Richtung zu fragen.

»Wir werden jetzt über dem Urwald fliegen. Ich muß wissen, wo wir hin wollen. Also los, in welche Richtung geht's?«

»Flieg bei 280 Grad!«

Paul nahm, wie befohlen, einen Kurs von 280 Grad. Als er sich aber mehr und mehr vom Fluß entfernte, wurde der Kommandant unruhig. Offensichtlich kannten sich die Guerillas auf dem Fluß besser aus als in der Luft.

Der Kommandant holte seinen Kompaß hervor. Sorgfältig verglich er ihn mit dem Hauptkompaß des Flugzeugs, um nachzuprüfen, ob beide übereinstimmten. Er wußte nicht, daß der Kompaß in einem Flugzeug wegen der Metallverkleidung erst eingestellt werden muß. So gab sein eigener Kompaß einen falschen Wert an. Aufgeregt schaute er hin und her. Er schien die Orientierung verloren zu haben.

»Wo fliegst du hin?« fragte er.

»Ich flieg genau so, wie du es mir gesagt hast – bei 280 Grad«, erwiderte Paul gelassen. Dann versuchte er wieder, genauere Informationen herauszubekommen.

»Versteh doch: ich bin für dieses Flugzeug verantwortlich. Wenn wir landen, sehe ich sowieso, wo wir sind! Also zeigt mir auf der Landkarte, wo ihr hinwollt, dann kann ich eine gerade Linie fliegen und Kraftstoff sparen!«

Paul merkte, daß er diesem Guerilla Angst einjagen mußte. Nur so würde er auf ihn hören. »Wenn wir über dem Urwald hin- und herfliegen, wird uns der Kraftstoff ausgehen. Und wißt ihr, was dann passiert? Der Motor wird aussetzen und das Flugzeug wie ein Stein zur Erde fallen. Dann werden wir alle zusammen auf dem Boden zerschmettert werden und elend zu Grunde gehn.«

Übertrieben oder nicht, die Sache machte Eindruck. Besorgt blickte der Kommandant Paul an und gab nach. Er wies auf ein winziges Städtchen auf der Landkarte.

»Dorthin wollt ihr?«

»Nein«, sagte der Kommandant, »aber zunächst einmal.«

Paul gab nicht auf, hing nicht ihrer aller Leben davon ab?

»Mit anderen Worten: Flieg erst dahin, und dann in die andere Richtung. So nicht! Ihr müßt mir schon genau sagen, wo euer Ziel liegt, damit ich darauf zusteuern kann.«

Schließlich willigte der Kommandant ein. Er wies auf einen Punkt, wo sich zwei Flüsse trafen und sagte: »Genau dahin wollen wir!«

Paul berechnete die Entfernungen. In der Zwischenzeit hatten sie bereits eine gute Strecke zurückgelegt. Die neue Richtung lag bei 250 Grad anstatt bei 280 – ein großer Unterschied beim Fliegen über dem Urwald.

Seit einiger Zeit suchte Paul eine Gelegenheit, ein Signal per Funk weiterzugeben. Er war sich sicher, daß Mary Cain noch zuhören würde, wie sie es bei allen Missionsflügen tat. Er versuchte, »Flug ins Blaue« – das Signal für eine Entführung – zu sagen, wurde jedoch gewaltsam unterbrochen. Der Kommandant sah, wie sich seine Lippen bewegten und zog das Kabel heraus.

Aufgeregt befahl er: »Halt die Klappe! Wehe, du sprichst mit jemandem!«

Einige Augenblicke später fragte der Kommandant: »Weißt du überhaupt, wer wir sind?«

»Keine Ahnung«, antwortete Paul.

Die ursprünglichen Entführer hatten ihre Gruppe genannt. Aber es existieren so viele kleine Terroristengruppen. Es erschien ihm schon wichtig, ihre Identität zu kennen.

»Wir gehören zu den F.A.R.C.«, erklärte der Kommandant. »Schon mal von uns gehört?«

»Ja, nicht unbekannt.«

»Nun, dann weißt du ja, wer wir sind.«

Paul wußte von den F.A.R.C., daß sie zu den wenigen marxistischen Gruppen gehörten, die einen Friedensvertrag mit der Regierung unterzeichnet hatten. Wenn die Regierung von dieser Entführung erfuhr, wäre der Vertrag gefährdet.

Der Kommandant setzte die Unterhaltung fort: »Warum habt ihr Angst vor uns?«

»Hm, wegen der Waffen«, erwiderte Paul.

»Wir sind gute Menschen«, lautete die Antwort. »Wir kämpfen für den Frieden unseres Landes.«

»Wirklich?« meinte Paul gedehnt.

Schließlich tauchte unter ihnen das Flußgebiet auf, die Mündung zweier Flüsse in einen größeren Strom, der träge dahinfloß. Das Gesicht des Kommandanten erhellte sich. »Genau! Jetzt flieg diesen Fluß ein Stück stromaufwärts, bis du zu einer Landebahn kommst!«

Tatsächlich erreichten sie innerhalb von 15 Minuten eine etwa 700 m lange Urwaldlandebahn. Paul flog die ganze Zeit in ziemlicher Höhe und richtete sich genau nach seinen Navigationsinstrumenten. Er überprüfte seinen Standpunkt und verglich ihn mit einer anderen Landebahn, die über Funknavigationshilfen verfügte. Während er über der Landepiste kreiste, studierte er die Gegend gut.

An einem Ende der Landebahn entdeckte er eine Straße, die in den Urwald führte. »Vermutlich haben sie ein Fahrzeug hier«, dachte er.

An der Landebahn standen halb versteckt vier Häuser. Paul rechnete damit, daß das Flugzeug hier abzustellen war, aber der Kommandant ließ ihn eilig an den Häusern und an dreizehn bewaffneten Guerillas vorbeirollen, die die Landebahn bewachten. Paul sollte die Einfahrt zur Straße am Ende der Landebahn ansteuern. Alle dreizehn Guerillas folgten dem Flugzeug.

Den Anweisungen des Kommandanten gehorchend, bog Paul links in eine Seitenstraße ab. Aber was für eine Straße für ein Flugzeug! Sie war grob ausgehauen, vielleicht 200 Meter lang und schien gar nicht breit genug für die Cessna.

»Halt!« sagte der Kommandant. »Fahr genau dahin, die Nase in die Bäume.«

Unter normalen Umständen hätte Paul es nie versucht. Er hatte gelernt, mit Flugzeugen sehr sorgfältig umzugehen und pflegte sie hervorragend. Sie gehörten Gott und dienten den Missionaren in ihrer Arbeit unter den Stämmen. Aber jetzt, Gewehre hinten und an der Seite – waren das noch normale Umstände? Paul beobachtete besorgt die Flügelspitzen, die die Bäume auf beiden Seiten berührten.

»Mensch!« rief er aus. »Die Maschine ist zu breit, sie paßt hier nicht rein!«

»Natürlich paßt sie rein. Andere waren auch schon drin.«

»Hört zu, laßt mich den Motor abstellen! Dann gehe ich und überzeuge mich selbst.«

»Okay.« Der Kommandant nahm Paul die Schlüssel ab und stieg aus. Paul kletterte ebenfalls heraus und ging den Weg entlang. Ihm war klar: er war zu eng.

»Nein, hier paßt das Flugzeug nicht rein!«, entschied er und teilte es dem Kommandanten mit.

»Du wirst es aber reinpassen lassen!« Und um deutlich zu machen, daß er keine Argumente mehr akzeptieren würde, schob er seinen Gewehrlauf Paul entgegen.

»Steig ins Flugzeug! Los, tu, was ich dir sage!« befahl er.

»Okay, ich versuche mein Bestes.«

Der Kommandant stieg, den Gewehrlauf auf ihn gerichtet, hinter Paul ein. Er gab ihm den Schlüssel mit der vielsagenden Bemerkung: »Ich bleibe besser in deiner Nähe. Wir können es uns nicht leisten, diesen Vogel zu verlieren.«

Die runde Lichtung am Ende der 200 Meter langen Straße war zu eng, um das Flugzeug zu drehen. Paul blieb so stehen, daß die Spitzen der Flügel die Bäume nicht berührten und stellte den Motor ab. Dann stiegen alle aus. Aber die Guerillas hatten andere Vorstellungen, wie das Flugzeug stehen sollte. Sie schoben es in den Wald, damit es nicht zu leicht herauszubekommen wäre. Dann sprach der Kommandant mit dem Anführer der Wächter:

»Paß auf, ich überlaß ihn dir. Aber ich will maximale Sicherheit, verstehst du?«

»Ja, Chef. Kein Problem«, antwortete der Wächter.

Der Kommandant, zusammen mit seiner Begleiterin und einem anderen Genossen, überließ Paul dem Wächter und ging in Richtung Landebahn zurück. Die anderen nahmen ihre Arbeit an der Landebahn wieder auf.

Dann wandte sich der Wächter an Paul: »Komm. Gehen wir!«

»Kleinen Moment. Darf ich meine Bibel und Wäsche mitnehmen?«

»Na klar«, sagte der Wächter nicht unfreundlich. »Nimm alles mit, was du willst.«

Paul holte schnell die Ledermappe mit seiner Bibel und seinen Studiennotizen. Außerdem zog er seine Ledertasche mit sauberen Kleidern hervor. Gewohnheitsmäßig tätigte er das Hauptschloß, befestigte die Abdeckung und schloß die Tür des Flugzeugs. Automatisch wollte er die Türen abschließen. Da dachte er gerade noch rechtzeitig daran, daß er die Schlüssel nicht aus der Tasche ziehen durfte. Traurig und bedrückt, als läge eine zentnerschwere Last auf seinem Herzen, entfernte er sich vom Flugzeug.

Der Wächter sah ihm geduldig zu und wartete. »Komm mit!« befahl er.

Er schlug einen schmalen Pfad ein und machte ein Zeichen, daß Paul ihm folgen sollte. Paul war überrascht, daß kein Gewehr von hinten auf ihn gerichtet wurde. Vor längerer Zeit schon war ihm mitgeteilt worden, daß diese Guerillas nur eine Reaktion auf einen Fluchtversuch kannten: den Todesschuß! Er nutzte den Spaziergang, um sich alles richtig anzuschauen und möglichst viel zu beobachten. Ab und zu sah sich der Wächter um, um sicherzugehen, daß Paul ihm folgte. Der Pfad führte etwa 700 Meter nach Westen. Er endete an einem kleinen Lager, ein paar Meter vom Fluß entfernt.

Dieses Lager konnte man von der Luft aus nicht sichten, denn es war von großen Bäumen verdeckt. Außerdem beherbergte es keine Häuser, die den Wächtern eine Privatsphäre geboten hätten. Aber es gab kleine Schutzdächer. An einem Seil, zwischen zwei Bäume gespannt, war jeweils eine Plastikplane befestigt. Sie hielt den Regen von einer Pritsche ab, die aus vier Brettern – auf Pfosten genagelt – bestand.

Sechs solcher Schutzdächer dienten den Wächtern als Schlafplatz. Unter jeder Plastikplane befand sich eine dünne Matratze aus Schaumgummi. Ein Moskitonetz war über die Pritsche gespannt. Auf jeder Pritsche stand ein Tornister. Das ganze Lager erweckte den Eindruck, als könnte es jederzeit verlassen werden. Am Flußufer war ein größeres, provisorisches Schutzdach errichtet, das als Küche diente. Zur Einrichtung gehörten ein Tisch aus Stangen, ein Topf, der vom Dach über einem Lagerfeuer am Boden hing und eine Wassertonne. Ein Guerilla, bewaffnet wie die anderen, war damit beschäftigt, das Abendessen zu kochen.

Pauls Wächter blieb mitten im Lager neben seinem eigenen Schutzdach stehen und drehte sich zu seinem Gefangenen um. Er deutete auf vier Bretter, die neben vier alten Benzinkanistern nur ein paar Meter entfernt auf dem Boden lagen.

»Das ist für dich«, sagte er. »Da kannst du schlafen.« Dann ging er zu seiner eigenen Pritsche zurück und begann, an einem batteriebetriebenen Kassettenrekorder herumzuspielen.

Einen Augenblick sich selbst überlassen, stand Paul unschlüssig da und betrachtete die Bretter seiner Pritsche. Dann ließ er seine Tasche auf den Boden fallen und setzte sich darauf. Wenn er bloß aufwachen könnte aus diesem schrecklichen Alptraum! Aber er riß sich zusammen, weil er wußte: Jetzt galt es, sich auf Wichtiges zu konzentrieren. Einige Dinge, die er bei sich trug, mußten sofort verschwinden. Zum Beispiel das Scheckheft für das Flugzeugkonto, das sich in der Ledermappe mit seiner Bibel befand. Außerdem trug er einen Scheck über 500 Dollar bei sich, als Bezahlung für den Kraftstoff, den er gekauft hatte. Die Guerillas könnten allzu leicht eine Möglichkeit finden, ihn einzulösen. Und dann seine Papiere und das Adressbuch mit Telefonnummern von Freunden und Verwandten. Er mußte irgendeinen Weg finden, um alle Informationen zu vernichten, die die Guerillas zu ihrem Vorteil nutzen könnten.

Zunächst waren es jedoch die Schlüssel, die ihm Kopfschmerzen bereiteten. Jedesmal, wenn der Koch und der Wächter beschäftigt schienen, kümmerte er sich um die Flugzeugschlüssel. Als der Kommandant ihm zum letzten Mal die Schlüssel abgenommen hatte, hatte Paul bewußt so reagiert, als würde er sie nur ungern hergeben. Die Guerillas sollten nicht wissen, daß er einen Zweitschlüssel besaß. Vorsichtig entfernte Paul den Zündschlüssel vom Schlüsselbund. Seine Augen wachsam auf die beiden Wächter gerichtet, schob er die Spitze des Schlüssels immer tiefer ins Innenfutter seines Schuhs. Dann ließ er die anderen Schlüssel wieder in seine Tasche gleiten. »Danke, Herr«, murmelte er.

Nun wandte er seine Aufmerksamkeit seinem Adreßbuch zu. Es wäre schlimm, wenn die Terroristen es gebrauchten, um seine Angehörigen oder Freunde unter Druck zu setzen. Ihm fiel ein dicker Stock auf, der neben ihm im Boden steckte. Langsam und vorsichtig schob er ihn hin und her, bis er locker wurde. Wenn der Wächter ihn anschaute, tat er so, als ob er sich einfach am Stock festhielte. Schließlich war dieser ganz locker, so daß er ihn vorsichtig herausziehen und auf den Boden legen konnte. Dann langte er in seine hintere Hosentasche, nahm das Adreßbuch heraus, rollte es zusammen und ließ es ins Loch fallen. Sobald sich eine Gelegenheit ergab, steckte er den Stock wieder ins Loch. Die anderen Sachen wollte er nach Einbruch der Dunkelheit beseitigen.

Immer wieder wurde sich Paul eines Drucks in der Magengegend bewußt. Es war derselbe Druck, der ihm bei seiner ersten Begegnung mit den Guerillas zu schaffen gemacht hatte. Wenn er sich an die Einzelheiten des Überfalls erinnerte, vermochte er immer noch nicht ganz zu fassen, was geschehen war. Wenn er bloß aufwachen und entdecken könnte, daß alles bloß ein langer, böser Traum war! Aber die Wirklichkeit umgab ihn drohend und hautnah.

Ihm fiel die Frage ein, die Steve ihm damals im Schuppen gestellt hatte: »Was würden wir tun, wenn die Guerillas uns erwischen?« Paul dachte an seine Antwort: »Gott wird nichts zulassen, was uns nicht zu unserem Besten dient! Auf diese Tatsache will ich mein Leben gründen.« Hier saß er nun eingesperrt im Guerilla-Lager und versuchte, über diese Wahrheit nachzudenken. »Ist das hier wirklich zu unserem Besten – zu meinem Besten?«

Plötzlich vernahm er Schritte auf dem Pfad. Er blickte auf und sah vier weitere Guerillas direkt in die Küche gehen und sich auf einen Baumstamm setzen. Pauls Bewacher rief einem von ihnen zu, er sollte Pauls Schutzdach und Pritsche aufstellen. Sofort legte dieser die vier Kanister auf die Seite und plazierte vier Bretter darauf. Dann richtete er das Moskitonetz und die Plastikplane auf, ohne sich auch nur einen Augenblick von seinem Gewehr zu trennen. Als alles fertig war, nahm sich der Wächter ein paar Minuten Zeit, um sich seinen neuen Gefangenen etwas genauer zu betrachten. Schweigend starrte er Paul an. Dann setzte er sich wieder zu den anderen, die in der Küche mit dem Abendessen begonnen hatten.

Bald brachte der Koch Paul das Abendessen. Es bestand

aus einfachem Reis und Makkaroni mit einer tellergroßen arepa (einem gebratenen Pfannkuchen aus Maismehl).

»Hier, dein Essen.« Paul dankte ihm. Der Wächter blieb eine Weile stehen, um sich den großen, blonden Piloten näher anzusehen.

Sobald er gegangen war, wandte sich Paul seinem Essen auf dem Teller zu. »Am besten ißt du, damit du stark bleibst!« sagte er sich. Aber je länger er das Essen betrachtete, desto übler wurde ihm, so daß er keinen Bissen hinunterbekam. Der vertraute Druck in der Magengegend hatte ihn nicht verlassen. Er tadelte sich und probierte ein Stück der arepa, die mit Zucker anstatt mit Salz gewürzt war. Aber als er das Fett neben seinem Daumen herausquellen sah, nahm die Übelkeit zu. Er ging zur Küche hinüber und gab den unangerührten Teller zurück.

»Ich hab' keinen Hunger«, sagte Paul dem Koch, einem siebzehnjährigen Jungen.

»Das ist ganz normal«, lautete die Antwort. »Wenn du dich hier eingelebt hast, wirst du essen.«

Paul hielt inne: »Wenn du dich hier eingelebt hast.« Was sollten diese Worte bedeuten? Sie gefielen ihm absolut nicht.

Wenigstens war es ein gutes Gefühl, ungehindert zur Küche gehen zu können. Er durfte sich auch zwischen den Schutzdächern frei bewegen. Aber man verbot ihm strengstens, die Funkhütte an dem Pfad zum Flugzeug zu betreten. Auch der Zugang zum Fluß war ihm verwehrt. Wenn er baden wollte, sollte er sich Wasser aus der Tonne neben der Küche schöpfen. Mußte er notgedrungenerweise den Wald aufsuchen, begleitete ihn ein Wächter.

Es dämmerte. Schnell brach die Nacht herein. Schwärme von Moskitos fielen über Paul her. Er suchte Schutz unter seinem Moskitonetz, aber leider besaß er keine Matratze, die die Moskitos daran gehindert hätten, durch die Lücken zwischen den Brettern einzudringen. Schon erkannte Paul sie als Fiebermücken. »Mann, nicht schon wieder Malaria!« dachte er resigniert.

Bald fingen die Wächter an, ihre Taschenlampen auszuprobieren. Es dauerte nicht lange, bis Paul den Grund erkannte. Alle drei bis fünf Minuten kam einer von ihnen auf seine Pritsche zu und leuchtete mit der Lampe auf ihn. Wirklich maximale Sicherheit! Wie er später entdeckte, machten die Wächter zwei Stunden lange Schichten die ganze Nacht hindurch.

Paul konnte nicht schlafen. Er dachte an die Papiere, die er noch besaß. Mit Hilfe des spärlichen Lichts seiner Armbanduhr begann er, sie nach wichtigen Adressen durchzusehen. So langsam konnte er sich ausrechnen, wann der Wächter vom Dienst das nächste Mal auf ihn leuchten würde. Jetzt entdeckte er den Scheck für den Kraftstoff. Zuerst zerriß er ihn, dann kaute er ihn durch und begrub ihn im weichen Urwaldboden unter seiner Pritsche. Andere Papiere ließ er ins Zapfloch eines der Kanister fallen, die seine Pritsche stützten. Paul hörte, wie sie ins Wasser im Kanister platschten. Bevor er alle Papiere durchsehen konnte, gab seine Uhrenbatterie den Geist auf. Kein Licht, keine Möglichkeit, die Uhrzeit abzulesen. Alles, worauf er sich verlassen hatte, war ihm genommen.

Paul ging mit sich ins Gericht. »Nur kein Selbstmitleid! Paul du hast deine Freiheit immer für selbstverständlich gehalten, bis sie dir mit schußbereitem Gewehr geraubt wurde. Nein, Freiheit ist nicht selbstverständlich!« Ihn tröstete das Wissen, daß die Guerillas ihm wohl die Freiheit rauben, ihn aber von der Liebe und der Gegenwart Gottes nie trennen könnten!

Schließlich übermannte ihn der Schlaf trotz der Moskitos. Am Sonntag früh weckten ihn seltsame Geräusche. Der Koch bereitete das Frühstück vor. Ihn juckte alles und Paul fing an, sich an Armen, Hals und Stirn zu kratzen. Die Moskitos hatten ihn übel zugerichtet.

Etwa eine halbe Stunde später riefen der Koch und der Wächter vom Dienst: »Aufwachen! Es ist 4.30 Uhr!« Verschlafen krochen die Guerillas aus ihren Betten und schlenderten zur Küche, um ihren heißen Kaffee zu schlürfen und ihr Frühstück zu sich zu nehmen.

Paul beobachtete, wie der Koch noch einen Teller Essen

vorbereitete. Tatsächlich, es gab für ihn wieder Reis und eine große, süße arepa! Er versuchte, sich ein Stück arepa abzubrechen. Wieder quoll triefendes Fett heraus. Er schaffte es nicht, viel von seinem Frühstück hinunterzuwürgen. Aber irgendwie gebrauchte Gott seinen Widerwillen gegen das Essen, um seine Einstellung anzusprechen. Paul erkannte, daß diese Entführung für ihn etwas Besonderes bedeutete. Tief in seinem Inneren spürte er, daß er nicht völlig in Gott ruhte.

Während er darüber nachsann, kam der Kommandant ins Lager.

»Wie geht es?« begrüßte er Paul, ohne auf eine Antwort zu warten. Er ging direkt weiter auf die Funkhütte zu. Die Wächter, die das Frühstück beendet hatten, marschierten aus dem Lager, um die Landebahn zu beobachten, während zwei zur Bewachung ihres Gefangenen im Lager blieben. Paul horchte. Deutlich vernahm er die Worte des Kommandanten am Funkgerät.

»Wir haben den Mann erwischt, den ihr wollt!« brüllte er triumphierend. »Und genau das Flugzeug, das wir brauchen.«

»Gratuliere! Wie habt ihr das geschafft?« fragte die Stimme am anderen Ende.

»Glück muß der Mensch haben, das ist alles«, erwiderte der Kommandant.

»Okay, ich will maximale Sicherheit, hörst du?«

»Mach dir keine Sorgen. Der entkommt nicht!« versicherte der Kommandant seinem Vorgesetzten.

Diese Worte klangen alles andere als ermutigend. Paul wußte, daß es sich bei dieser Gruppe um gut ausgebildete Guerillakämpfer handelte, die kein Spielchen trieben. Gerade ihre Offenheit vor ihm brachte ihre Überzeugung zum Ausdruck, daß sie ihm nie mehr Gelegenheit geben würden, der Außenwelt etwas zu berichten.

Mit einem Schnellboot fuhr der Kommandant flußaufwärts davon.

Paul blieb nachdenklich auf seiner Pritschenkante sitzen. Schnell notierte er sich den Tag und das Datum, da er jetzt keinen Kalender mehr besaß. Es war Sonntag, 6. Oktober. Wenn er es auch am Vortag noch nicht durchschaut hatte, jetzt wußte er Bescheid: Die Guerillas hatten gelogen, als sie ihm versprachen, er könne nach Morichal zurückkehren. Sie dachten nicht daran, ihn freizulassen! Er durchlebte die Ereignisse des Samstag wieder. Ihre Landung in Morichal, der gewaltige Sturm. »Ja, der Sturm! Deswegen bin ich hier«, sagte er sich. »Wenn der Sturm nicht gewesen wäre, wären wir nicht gelandet. Wir wären wie üblich über dem Dorf gekreist und hätten nach Tims Signal Ausschau gehalten.« Der Sturm allein war schuld! Paul spürte, wie Bitterkeit in ihm aufstieg.

Da schien es ihm, als ob Gott mit ihm redete. Ganz nah, wie ein liebender Vater. »Paul, wer hält das Wetter in seiner Hand? Seit über fünfeinhalb Jahren fliegst du mit mir in Kolumbien. Wer ist Herr über das Wetter?«

»Du, Herr, natürlich. Du bist Herr über das Wetter!« antwortete Paul. »Ich erinnere mich genau, wie ich oft stundenlang durch den Regen geflogen bin, und kurz bevor ich ans Ziel kam, hast du die Wolken aufgerissen, damit ich landen konnte! Oder bei längeren Flügen, wenn schlechtes Wetter oder mangelnder Treibstoff einen Rückflug unmöglich machten, hast du mir zur rechten Zeit eine Lücke in den Wolken und einen Ausweg geschaffen. Ich weiß, du bist der Herr über das Wetter!«

Und wieder schien Gott ihm zu sagen: »Meinst du nicht, ich hätte den Sturm genauso gut direkt auf der Landebahn toben lassen können, um dich und Steve am Landen zu hindern?«

»Ja, Herr, du hättest es tun können«, gab Paul zu. »Dann wolltest du wohl, daß wir landen!«

Jetzt war die Sache für Paul klar: »Du, Herr, wolltest mich hier haben. Stimmt's?« Allmählich ging ihm ein Licht auf. »Wenn du mich hier haben willst, dann weiß ich, daß es zu meinem Besten dient. Also will ich dir danken, Herr, daß du mich hierhergeführt hast. Ich bekenne, daß ich nicht in deinem Frieden geruht habe. Danke für deine Vergebung. Danke, Herr!«

Nach dieser Erfahrung ging es Paul besser. Die Übelkeit und der Druck in der Magengegend verschwanden. Auch dafür dankte er Gott. Und er fügte hinzu: »Gut, Herr, zeig mir, was du hier von mir willst!« Pauls Gedanken wandten sich von ihm selber zu den Wächtern, die tagsüber bei ihm blieben. Wollte Gott ihn als Missionar für sie einsetzen? Er versuchte, sich ein wenig mit ihnen zu unterhalten. Aber sie wiesen ihn ab, als ob sie Befehl bekommen hätten, ihm nicht zu freundlich zu begegnen. Ihm fiel auch auf, daß die beiden sich kontrollierten.

Später gelang es Paul, ein längeres Gespräch mit einem von ihnen zu führen. Er versuchte zu erklären, wer Gott ist. Nach einer Weile sagte der Wächter jedoch: »Gott? Es gibt keinen Gott!«

»Was meinst du damit?« fragte Paul.

»Es gibt keinen Gott. Oder hast du Gott je gesehen?« entgegnete der Guerilla.

»Nein, hab ich nicht.«

»Siehst du, das hab ich dir doch gesagt. Wenn es einen Gott gäbe, könntest du ihn sehen.«

»In der Bibel steht, daß niemand Gott je gesehen hat«, entgegnete Paul. »Sie sagt, Gott ist Geist, und man muß ihn im Geist und in der Wahrheit anbeten. Glaubst du auch, daß es keinen Wind gibt?«

»Keinen Wind? Wieso?«

»Nun, du sagst, es gibt keinen Gott, weil du ihn nicht sehen kannst. Gut, dann gibt es auch keinen Wind. Wer weiß, wo der Wind herkommt? Du kannst ihn nicht sehen, wie sehr du dich auch bemühst. Du weißt auch nicht, wo er hingeht. Also gibt es keinen Wind. Richtig?«

Der Bewacher zögerte einen Augenblick. »Aber du kannst sehen, was der Wind tut!«

»Genauso ist es!« rief Paul aus. »Und du kannst auch sehen, was Gott tut. Deshalb bin ich davon überzeugt, daß Gott existiert. Weißt du, Gott hat etwas in meinem Herzen getan, was sonst niemand tun könnte. Er hat mir ewiges Leben gegeben. So steht es in seinem Wort. Schau dir all diese Bäume und Lebewesen an – den Himmel, die Sonne, die Sterne, den Mond, die Nacht und den Tag. Hinter allem steht Gott. Glaub mir: Gott lebt! Er ist Realität!«

Der Mann hielt inne, in Gedanken versunken. »Ich muß jetzt gehen«, sagte er dann nervös und wandte sich ab.

Andere hörten eine Weile zu, bis sie persönlich angesprochen wurden. Einer schilderte Paul seine Situation mit den Worten:

»Weißt du, wir treffen alle mal die Entscheidung, was wir werden wollen. Du hast dich entschieden, Missionar zu werden. Ein anderer entschließt sich, Mechaniker zu werden oder Zimmermann oder Landwirt. Nun, ich hab mich entschlossen, Guerilla zu werden.«

Paul erwiderte: »Das ist richtig. Wir entscheiden uns alle, was wir werden wollen. Aber du darfst nicht vergessen: Entweder wir leiden unter den Konsequenzen unserer Entscheidung oder wir genießen den Segen, der daraus hervorgeht.«

Die Stunden vergingen langsam an jenem Sonntagmorgen. Paul zweifelte jetzt an Gottes Vorhaben, ihn als Missionar unter den Guerillas einzusetzen. Offensichtlich wollten sie ihm nicht zuhören. Ihnen war der Marxismus eingeimpft worden. Einer versuchte, es Paul so zu erklären:

»Du bist einfach Materie, weißt du! Du hast keine Seele. Wenn ich dich töten würde, wäre es nicht anders, als wenn ich den Baumstamm da mit dem Beil zerhacke!«

Paul zuckte nicht einmal zusammen. Er erkannte, was die Gehirnwäsche der Guerillabewegung aus diesen Wächtern gemacht hatte. »Vielleicht denkst du so. Aber ich zweifle daran. Die Bibel, das Wort Gottes, sagt etwas ganz anderes«, schloß er.

Die Härte dieser jungen Terroristen zermürbte Paul. Sie hatten ihre Entscheidung getroffen. Sie hatten sich einer Gehirnwäsche unterzogen, bis sie glaubten, sie hätten keine Seele. Warum sollte er noch reden? Sie waren bereit, über alle Dinge zu sprechen, aber von Gott wollten sie nichts hören. Paul spürte, wie Entmutigung ihn lähmen wollte. Wie gut, daß er seine Bibel hatte. Gab sie nicht Antwort in jeder Situation? Er schlug die Petrusbriefe auf. Gott schien ihm zu sagen: »Du bist es, der Ermutigung braucht, du bist es, der Rat benötigt! Es geht um dich!«

Dankbar für diese klärenden Gedanken, las er ab 1. Petrus 1,3 und bezog die Worte sehr direkt auf sich:

»Gelobt sei Gott, der Vater unsres Herrn Jesu Christi, der uns in seiner großen Barmherzigkeit wiedergeboren und mit Hoffnung auf Leben erfüllt hat durch die Auferstehung Jesu Christi von den Toten. Damit hat er uns für ein unvergängliches, unbeflecktes und unverwelkliches Erbe ausersehen, das im Himmel für euch aufbewahrt wird. Ihr werdet ja aus Gottes Macht durch den Glauben für das Heil bewahrt, das am Ende der Zeit offenbart werden soll. Dann werdet ihr jubeln, nachdem ihr jetzt kurze Zeit, wenn es sein muß, mancherlei Anfechtungen zu erleiden habt, damit euer Glaube sich als echt und noch wertvoller erweist als das vergängliche Gold, das durchs Feuer geläutert wird, und damit er euch zu Lob, Preis und Ehre gereicht, wenn Jesus Christus offenbart wird. Ihn habt ihr nicht gesehen und habt ihn doch lieb; und ihr glaubt an ihn, obwohl ihr ihn jetzt nicht seht; darum werdet ihr mit unaussprechlicher und herrlicher Freude jubeln . . .«

»Ihn habt ihr nicht gesehen.« Paul sann über diesen Satz nach. Das war es, was er den Guerillas gerade mitgeteilt hatte. Was für eine Ermutigung, Gott nicht im Schauen, sondern im Glauben zu erleben. Welch eine Freude, seine Hoffnung nicht auf das Sichtbare, sondern auf das Unsichtbare zu setzen!

Paul war begeistert! Welch einen Reichtum fand er in Jesus Christus! Er fühlte seine Kraft wiederkehren. So stark, daß er begann, an einen Fluchtversuch zu denken. Den Schlüssel besaß er. Wie aber konnte er zum Flugzeug gelangen? Unmöglich – ohne Gottes Hilfe!

Am Sonntagnachmittag, erhielt Paul gegen 14.30 Uhr, Besuch. Der Kommandant in Militäruniform war jetzt zurückgekehrt. Mit ihm kam ein Mann in Zivil, der so aussah, als ob er sich gerade vom Schreibtisch seines Büros in Bogotá erhoben hatte. Er trug nur eine Pistole am Gürtel, wurde jedoch von einem Guerilla mit einer Maschinenpistole begleitet, vermutlich ein Leibwächter. Ein weiblicher Guerilla mit den üblichen Waffen war mit von der Partie. Sie gingen an der Stelle an Land, wo der Fluß dem Lager am nächsten kam.

Paul beobachtete mit Überraschung, daß die Wächter vor ihren Vorgesetzten nicht salutierten. Sie gingen freundlich auf sie zu, um ihnen die Hand zu geben.

»Mein Name ist Philip«, begann der Zivilist die Unterhaltung, »und das ist meine Sekretärin Alice. Der Mann da drüben ist Kommandant Steven.« Er zeigte auf den Mann, der ihn begleitete. Seinen Leibwächter stellte er nicht vor. »Und dies ist Kommandant . . .« Er drehte sich dem Mann zu, der Paul am Vortag im Flugzeug begleitet hatte. »Welchen Namen hast du ihm genannt?«

»Keinen. Warum sollte ich ihm meinen Namen sagen?«

Paul durchschaute den Schwindel. Trotzdem gebrauchte er die Namen, die ihm genannt wurden.

Offensichtlich war Philip der Chef. Er fing an, Paul zu befragen, der bis zu diesem Zeitpunkt noch nicht durchsucht worden war.

»Hast du einen Reisepaß?«

»Ja, aber ich trage ihn nicht bei mir«, antwortete Paul. »Nur meine cedula, da ich ja hier im Land lebe.«

»Darf ich sie sehen?«

Paul zog seinen Ausländerausweis hervor und dankte Gott, daß er wichtige Unterlagen beseitigt hatte: das Adreßbuch, die Fahrzeugscheine für sein Auto und Motorrad. ›Alle anderen Dokumente‹, dachte er, ›lassen sich ersetzen.‹

Zunächst händigte Paul nur den Ausweis aus, um den er gebeten wurde. Die Sekretärin »Alice« schrieb sorgfältig seinen Namen und sein Geburtsdatum ab.

»Laß mich die Brieftasche sehn«, forderte der Chef. Paul reichte sie ihm. Mit dieser Durchsuchung hatte er gerechnet.

Der Chef rief begeistert: »Voller Papiere, toll! Piloten-, Mechaniker- und Führerschein, US-amerikanisch und kolumbianisch!« Auf die weiteren Papiere in der Brieftasche achtete er kaum. Dann wollte er sehen, was Paul in seinen Taschen und in seiner Ledermappe bei sich trug. Die anderen halfen ihm bei der Durchsuchung. Steven bat, Pauls Armbanduhr zu sehen. Er untersuchte sie sorgfältig, als ob er einen Sender darin vermutete, und gab sie zurück. Der Kommandant, der Paul am Vortag begleitete, erblickte einen Schirm in der Tasche.

»Kann ich den haben?« fragte er.

»Nimm ihn«, kam Paul seiner Bitte nach.

Zufrieden stellte der Mann seine Suche ein und reichte die Tasche zurück. Die anderen folgten seinem Beispiel. Erleichtert atmete Paul auf. Die Durchsuchung war vorbei. Der Schlüssel blieb unentdeckt.

»Was macht ihr eigentlich hier in Kolumbien?« fragte der Chef. »Wir wissen, daß die Bezeichnung ›Missionar‹ nur als Tarnung für den CIA dient. Alle Missionare arbeiten für den CIA. Sie gebrauchen nur den Namen ›misionero‹. Stimmt's?«

Paul widersprach ihm. »Nein. Vielleicht glaubt ihr das, und vielleicht habt ihr es auch so gehört, aber es stimmt nicht. Ich kenne viele Missionare und sage euch die Wahrheit: Keiner von denen arbeitet für den CIA. Es wäre ja unehrlich, sich Missionar zu nennen und in Wirklichkeit für den CIA zu arbeiten. Das würde Gott nicht gefallen. Es ist ein Ding der Unmöglichkeit, beide Rollen miteinander zu verbinden.«

»Nun gut, vielleicht nicht alle Missionare«, gab Philip zu und fuhr fort: »Wir wissen, daß ihr in Fusagasugá arbeitet und daß ihr dort euer Hauptquartier habt.«

»Nein. Unser Hauptbüro ist nicht in Fusa.«

»Was habt ihr denn in Fusa?«

»Ein Bibelinstitut. Wir studieren die Bibel und geben Lateinamerikanern Unterricht über Gott und die Bibel.«

»Ach, wie nett!« platzte der Chef spöttisch heraus: »Wo ist denn euer Hauptquartier?«

Paul gab ihm nur ungern Informationen und vermied es, wo er nur konnte. Er antwortete: »In Villavicencio.«

»Ach, in Villavicencio. Wir wissen Bescheid.«

Der Mann forderte keine Adressen, sondern kam wieder auf seine erste Frage zu sprechen: »Und was tut eure Mission? Wir wissen, daß eure Leute in Lomalinda mit dem CIA zusammenarbeiten.«

»Ich kenne einige Leute aus Lomalinda, aber ich kenne niemanden, der für den CIA arbeitet.«

»Willst du damit sagen, daß du nicht aus Lomalinda kommst? Wer bist du überhaupt?«

»Ich bin bei der New Tribes Mission.«

»Das wissen wir. Aber ihr arbeitet doch mit denen in Lomalinda zusammen!«

Paul verneinte. »Wir haben Kontakt zu ihnen, aber wir sind zwei völlig unterschiedliche Organisationen.«

»In welchen Stammesgebieten arbeitet ihr? Ihr arbeitet doch unter Indianern, oder nicht?«

»Ja, wir haben eine Arbeit unter den Piapocos in Barranco Minas, den Guayaberos in Caño Jabón und den Puinave in Morichal.« Paul nannte bewußt Einsatzgebiete, die die Guerillas kannten und wo sie die Arbeit bereits gestört hatten.

»Wir wissen, wo ihr arbeitet. Ihr habt auch eine Arbeit unter den Guananos, nicht wahr?«

»Ja.«

»Weißt du, welche Gruppe wir sind?«

»Ihr seid die F.A.R.C.«, antwortete Paul zuversichtlich.

»Wer hat dir das gesagt?«

»Der Kommandant, der mich hierherbrachte.« Paul zeigte auf den Kommandanten neben ihm. Der Chef wandte sich an ihn.

»So, hast du ihm das gesagt?« Seine Stimme klang nicht im geringsten verärgert. Es fiel ihnen offensichtlich leicht, jederzeit Geschichten aus dem Ärmel zu schütteln.

»Nun, wie du weißt, gibt es viele Guerillagruppen. Wir arbeiten gewissermaßen zusammen. Wir Kleinen wollen zur großen Gruppe gehören, also sagen wir, daß wir von den F.A.R.C. sind. Aber wir gehören zum E.L.P. (Ejército Liberación Popular).«

Paul glaubte ihm nicht, obwohl niemand widersprach.

Sowohl der Guerillachef an der Landebahn in Morichal als auch der Kommandant, den sie unterwegs mitgenommen hatten, bekannten sich zur F.A.R.C. Auf den Schnallen ihrer Gürtel stand »F.A.R.C.«. Und sie trugen auch das F.A.R.C.-Abzeichen »UP« (Union Patriotica – der politische Flügel der F.A.R.C.) auf ihren T-Shirts. Der Jahresvertrag der F.A.R.C. mit der Regierung bestand noch. Diese Entführung stellte einen Bruch des Vertrags dar. Kein Wunder, daß der Chef ihre Identität leugnen wollte.

»Jetzt habe ich dir viele Fragen gestellt«, meinte der Chef. »Hast du Fragen, die du uns stellen willst?«

Paul sprach frei heraus. »Ja, zwei Fragen: erstens, was wollt ihr mit mir tun?«

»Mit dir? Du wirst lange, lange Zeit hier bleiben. Wir wollen einfach miteinander reden und einander kennenlernen. Du wirst dich hier gut einleben.« Damit schaute er zu Pauls Pritsche hinüber und bemerkte, daß er weder eine Matratze noch eine Decke hatte. »Du da!« rief er einem der Wächter zu. »Bring ihm eine Matratze und eine Decke!«

Der Wächter setzte sich in Bewegung und brachte beides. Jetzt würde sich Paul gegen die Moskitos wehren können.

Der Chef wandte sich erneut an Paul:

»Ich werde hin und wieder mal kommen, um dich zu besuchen und dir weitere Fragen zu stellen. Du mußt sie nur beantworten – das ist alles.«

Paul versuchte die Andeutungen zu überhören. »Und meine nächste Frage lautet: Was wollt ihr mit dem Flugzeug machen?«

Der Chef lächelte die anderen Männer vielsagend an.

»Das Flugzeug? Das wird uns eine große Hilfe sein. Es wird uns zur Verfügung stehen.«

»Und wer soll das Flugzeug warten?« fragte Steven, der andere Kommandant. Er kam sich sehr wichtig vor.

Paul fühlte sich ein paar Sekunden lang unwohl in seiner Haut, aber sie hatten seinen amerikanischen und kolumbianischen Mechanikerschein schon gesehen.

»Ich«, antwortete er.

Sie lächelten alle. »Aha! Gut! Wir haben sogar einen Mechaniker!«

5. Wie groß ist Gott!

Pauls Besuch wollte sich gerade verabschieden, als einer von ihnen meinte: »Laßt uns das Flugzeug anschauen!« Sie ließen Paul allein – allein mit seinen Gedanken und manchen bangen Fragen.

»Herr, das Flugzeug gehört dir!« sagte er zu seinem himmlischen Vater.

Die Befragung über die Mission und das Flugzeug war sehr anstrengend gewesen. Paul hatte versucht, dem Guerilla-Chef zu erklären, welche Ziele die Mission in Kolumbien verfolgte. Er nannte die Missionare, die die Stammessprache erlernen müssen, um den Menschen von Gott zu erzählen. Er sprach von ihrem Ziel, die Indianer zu selbständigen Christen zu machen. Aber genau das erregte Ärgernis.

»Wie helft ihr ihnen sonst, außer durch Religion?« fragte der Chef verächtlich.

»Wir helfen medizinisch, wo wir können. Zum Beispiel flog ich vor ein paar Tagen eine kranke Frau nach Mitu.« Paul erwähnte noch weitere Arbeitsgebiete. Zum Beispiel die Alphabetisierung und Landwirtschaftsberatung. Manchmal kauften sie auch für die Indianer zum Selbstkostenpreis ein – Dinge, die im Urwald nicht erhältlich waren.

Der Chef zeigte sich beeindruckt. Aber reichten alle diese Beweise, um marxistischen Terroristen die Bedeutung der Mission verständlich zu machen? Halfen sie ihm, seine Freiheit wiederzuerlangen? Paul zweifelte.

Bald kehrte die Gruppe schwatzend und lachend von der Besichtigung des Flugzeugs zurück. »Da haben wir einen echten Schatz erwischt!« riefen sie. Freude und Begeisterung über die errungene Beute standen auf ihren Gesichtern.

»Wie viele Flugzeuge besitzt ihr?« fragte Philip.

»Eins.«

»Nur eins? Und was ist mit den anderen weiß-blauen?«

Paul merkte, daß der Chef immer noch meinte, er sei aus Lomalinda. »Wir haben nur eins«, wiederholte er. »Wir konnten es uns nicht mal leisten, ein neues zu kaufen. Dieses bekamen wir als Wrack und reparierten es. Es ist jetzt wie neu.«

Diese Worte beeindruckten den Chef noch mehr. Sein Gefangener war ein Spitzenmechaniker für alles, was kaputtgehen könnte. Nicht im Traum dachte er an Pauls Freilassung. Mit einem hämischen Grinsen verabschiedete er sich von Paul: »Wir werden uns oft sehen!« Dann machte er sich mit seinen Begleitern auf den Weg.

Paul sah ihn nie wieder.

Sich selbst wieder überlassen, saß Paul auf seiner Pritsche und brachte die Sache mit dem Flugzeug erneut vor Gott. »Herr, was wollen wir – du und ich – tun?«

Er wollte glauben, daß Tim, Bunny und Steve freigekommen waren, nachdem das Flugzeug erbeutet war. Aber wie sollte Steve den Missionaren ohne Flugzeug Vorräte bringen? Oder befanden sie sich am Ende in der gleichen Notlage wie er?

»Herr, was willst du tun? Diese Guerillas wollen das Flugzeug für sich beanspruchen!«

Es fiel Paul schwer, die ganze Sache Gott zu überlassen. Ihm war, als ob Gott zu ihm sagte: »Paul, sieh dir das Flugzeug an. Ist es nicht bloß ein Haufen Metall? Meinst du nicht, daß ich Macht habe, das Flugzeug herauszuführen oder ein neues zu beschaffen?«

Paul gab sich geschlagen. »Herr, ich will dir dienen, egal wie. Was immer du tun willst, das Flugzeug gehört dir!« sagte er fast hörbar. Eine schwere Übergabe! Aber wie erleichtert fühlte sich Paul danach.

Aus den Gesprächen der Wächter untereinander oder per Funk erkannte Paul, daß sie ihn nicht freilassen würden. Sie sprachen ganz offen und mit größter Sicherheit davon, daß er nie mehr frei käme und keine Gelegenheit mehr haben würde, Informationen weiterzugeben, die sie ihm normalerweise vorenthalten hätten.

Das Guerillaleben ist sonntags genauso geschäftig wie alltags. Boote, Schnellboote und Einbäume passierten Pauls Zeltlager flußaufwärts und flußabwärts. Guerillas, Kokainpflanzer, Indianer, alle, die mit den Guerillas in Frieden lebten, gingen ihrer Arbeit nach. Paul war von der bis ins Detail organisierten Arbeitsweise und dem komplizierten Kommunikationsnetz überrascht.

Wieder suchte er Rat im Wort Gottes und öffnete die Bibel beim ersten Petrusbrief. Die Worte trafen ihn wie nie zuvor. Lange blieb er beim letzten Vers des vierten Kapitels stehen.

»*Darum sollen die, die nach dem Willen Gottes leiden . . .*« Paul hielt inne. »Ja, Herr, ich weiß, du hast es zugelassen, daß ich hier bin. Und wenn das jetzt Leiden bedeutet, geschieht es nach deinem Willen.« – »*. . . ihm als dem treuen Schöpfer ihr Leben anvertrauen und Gutes tun.*«

›Mensch!‹ dachte Paul. ›Das heißt doch praktisch: ich darf meine Seele in die Hände dessen legen, der alles so wunderbar geschaffen hat, den Mond, die Sterne und das Universum. Ihm, dem treuen Schöpfer, der von jeher seine große Macht in der Geschichte der Welt offenbart hat, darf ich mein Leben anvertrauen.‹ Natürlich hatte Paul das auch schon vorher geglaubt, aber nie hatte ihm diese Wahrheit so viel bedeutet wie jetzt. Er machte eine ganz neue Entdeckung: Gottes Gnade genügt für mein Leben. Und Gottes Gnade war es auch, die ihm diese Wahrheit so nachdrücklich einprägte. Er begriff, wie Menschen Gnade empfangen konnten, um sich um Christi Willen auf dem Scheiterhaufen verbrennen zu lassen.

Noch ein anderes Wort traf ihn zutiefst: Er sollte Gott »sein Leben als dem treuen Schöpfer anvertrauen und Gutes tun«. Er sann darüber nach: ›Das heißt, ich soll in hingebungsvollem, bedingungslosem Gehorsam für Gott leben.‹

Sich Gott anvertrauen und Gutes tun – dieser Gedanke packte ihn. Er wußte, daß sein treuer Schöpfer ihn fest in seiner Hand hielt. Er sollte lernen, gehorsam zu sein und selbst da zu lieben, wo er gehaßt wurde. »Herr, du leistest ganze Arbeit – auch an mir!« Paul meinte das von ganzem Herzen.

In der nächsten Nacht schlief er trotz der Taschenlampe, die alle drei bis fünf Minuten auf ihn gerichtet wurde, besser. Einer der Wächter regte ihn jedoch besonders auf. Wenn er Dienst hatte, schien er wie ein Uhrwerk zu funktionieren. Er ging an Pauls Pritsche vorbei, leuchtete mit seiner Taschenlampe auf ihn, um sich zu vergewissern, daß er noch da war, ging dann nochmals um ihn herum und leuchtete wieder von hinten auf ihn.

So wurde der Sonntag zum Montag.

Der Wächter, der ihn mit seiner großen Taschenlampe so treu ausleuchtete, war auch pünktlich wie ein Uhrwerk, als er ihm sein Frühstück brachte. Paul bedankte sich aufrichtig bei ihm. Sonderbar, sogar die arepas schmeckten ihm heute besser! Er zeigte sich für jede Dienstleistung, die ihm erbracht wurde, erkenntlich. Sogar für die demütigenden Gänge in den Wald unter ihrer bewaffneten Obhut bedankte er sich bei ihnen.

Als Paul an diesem Morgen bat, ein Bad nehmen zu dürfen, kam ihm eine Idee. Er vermißte sein kleines Handtuch, das er im Flugzeug gelassen hatte.

»Sag mal, darf ich zum Flugzeug gehen und mein Handtuch holen?« fragte er seinen Bewacher.

»Ausgeschlossen! Der Chef hat die Türen abgeschlossen und die Schlüssel mitgenommen.«

Da Paul unter keinen Umständen das Geheimnis seines Schlüssels preisgeben durfte, verzichtete er auf den Luxus eines Handtuchs.

An diesem Morgen bat er um einen weiteren Gefallen. Dazu wählte er bewußt eine Zeit aus, in der der Koch beschäftigt war. Er wollte, daß der Wächter einen seiner Kanister austauschte. Durch einen Riß im Kanister entwichen unangenehme Benzindämpfe, die ihm Übelkeit verursachten. Der Wächter hatte nichts dagegen, ihm einen anderen zu besorgen. Diesen Augenblick benutzte Paul, einige seiner versteckten Papiere wieder herauszuholen.

Während der Guerilla sich unten am Fluß um einen neuen Kanister für ihn bemühte, drehte Paul den rissigen Kanister um. Hier hatte er einige seiner Papiere versteckt. Er ließ das Wasser aus der Öffnung fließen und konnte mühelos die Papiere herausziehen. Drei waren in Folie eingeschweißt und noch gut erhalten. Schnell steckte er sie in seine Tasche. Er rechnete nicht damit, nochmals durchsucht zu werden. Die anderen Papiere, sowieso schon aufgeweicht, steckte er wieder in den Kanister. Nun war er bereit, dem Wächter zu helfen, die Pritsche wieder in Ordnung zu bringen.

So langsam begannen die Wächter, aufzutauen und wollten sich gern mit Paul unterhalten – besonders, wenn sie tagsüber alleine waren. Sie bemühten sich, ihre kommunistischen Lehren weiterzugeben. Aber Paul stellte ihre Aussagen immer wieder dem Wort Gottes gegenüber.

»Da fängst du schon wieder mit der Bibel an!« spottete einer gereizt.

»Richtig, weil ich dadurch Frieden mit Gott gefunden habe. Jeder kann Frieden mit Gott finden«, erklärte Paul. »Weißt du, ihr versucht den Frieden durch Gewalt zu erzielen – durch Entführungen und Drohungen. Aber so werdet ihr nie den wahren Frieden finden. Echter Friede ist ein Geschenk Gottes durch den Glauben an Jesus Christus. Gott, der dein Leben plant, bietet dir Frieden an. Diesen Frieden kann jeder erlangen. Ach, wenn du das nur begreifen und annehmen würdest!«

Je mehr Paul die Gespräche der Wächter untereinander hörte, desto klarer wurde ihm, daß er so gut wie tot war. Freilich sprachen sie nicht immer die Wahrheit, nicht mal untereinander. Aber was sie über Leute sagten, die hier auf der Landebahn landeten, die Bemerkungen über sein Schlafquartier – alles das ließ ihn erkennen, daß sein Tod bereits beschlossen war. Was galten Menschenrechte für diese Guerillas?

Paul fürchtete den Tod nicht. »Herr, ich bin bereit zu sterben«, sagte er. Was ihm aber Probleme bereitete, war das Warten auf den Tod. Das monatelange Liegen auf diesen harten Brettern. Tag für Tag ungesalzene, süße arepas zu essen. Und die quälende Ungewißheit. Jedenfalls bestand kein Zweifel darüber, daß diejenigen, die seinen Platz vor ihm besetzt hatten, nicht mehr am Leben waren. »Irgendwann muß es ein Ende geben«, dachte er.

Dann quälte ihn ein neuer Gedanke. Die Guerillas wollten mit Sicherheit ein Lösegeld fordern, obwohl er bezweifelte, daß sie ihn lebendig ausliefern würden. Einschließlich des Flugzeugs verlangten sie wahrscheinlich einen größeren Betrag. Es war gut zu wissen, daß die Mission kein Lösegeld zahlen würde. Lieber würde er sterben als durch ein Lösegeld freigekauft zu werden.

Plötzlich schlich sich eine beunruhigende Befürchtung in seine Gedanken ein. Er dachte an seinen Freundeskreis, der ihn unterstützte. Vielleicht würden sie sich entschließen, ein Lösegeld zu zahlen?

Beschwert von diesen Gedanken flüchtete Paul wieder ins Gebet: »Herr, laß es nicht zu, daß irgend jemand ein Lösegeld zahlt!« Er wußte, daß, wenn ein Lösegeld gezahlt würde, kein Missionar mehr sicher wäre – auch in den Städten nicht. Die Guerillas würden ohne Zweifel einen nach dem anderen entführen, bis alle das Land verlassen müßten. Das Ziel der Mission, allen Stämmen das Evangelium zu bringen, bliebe unerreicht.

Paul sann weiter nach: »Mission ist kein Geschäft, das man einfach anfangen oder aufgeben kann. Mission ist Gebot Gottes – Auftrag! Es leben Menschen hier in diesem Land, die von Gottes Liebe hören müssen, die ohne Christus verloren sind! Herr, du siehst, die Mission muß bleiben. Sie ist lebenswichtig! Bitte, Herr, laß niemanden ein Lösegeld zahlen!«

Diese Situation, in der er jederzeit mit dem Tod rechnen mußte, beschrieb er wie Paulus: »Es ist am besten, den Leib verlassen und beim Herrn daheim sein« (2. Korinther 5,8). Für die Sache Christi lohnt es sich zu sterben. Er dachte an frühere Erfahrungen und verglich sie mit seiner jetzigen Lage: dreimal in der Vergangenheit hatte ihn ein Giftpfeil der Macú getroffen. Fast wäre er gestorben für seinen Herrn. Aber heute? Starb er nicht jetzt für die Sache des Kommunismus? Das beunruhigte ihn.

»Herr«, betete er, »laß mich nicht für irgendeine fanatische politische Sache sterben. Ich will für dich sterben!« Sobald er diese Bitte formuliert hatte, erinnerte er sich wieder, daß Gott ihn gerade an diesem Platz haben wollte. Welch eine entscheidende, befreiende Feststellung in diesem Augenblick!

»Gut, Herr, ich verstehe. Wenn ich hier umgebracht werde, geschieht es genauso für dich.«

Seltsam! Paul wunderte sich, welch eigenartige Gedanken ihm angesichts des Todes in den Sinn kamen. »Mensch, ich werde nie wieder Eis essen«, dachte er. »Ich werde mein neues Werkzeug nie benutzen können.« Bill Post, Mechaniker und Pilot, hatte spezielles Werkzeug für Pauls Werkstatt hergestellt. »Ich werde nie wieder meine Tochter Lisa oder meine beiden Jungs Larry und Luke sehen. Und Pat, meine liebe Frau – sollte ich sie nie wiedersehen?« Alle seine Angehörigen und Freunde – die ganze Außenwelt schien so weit entfernt, als sei er auf einen anderen Planeten verbannt.

In diesem Moment fiel ihm ein Bibelvers ein, der treffend in seine verhängnisvolle Situation hineinsprach: »Wenn das Weizenkorn nicht in die Erde fällt und stirbt, bleibt es ein einzelnes Korn . . .« (Johannes 12,24)

Ja, das war es! Paul erkannte, daß er noch nicht sich selbst »gestorben« war. »Herr«, betete er inständig, »ich will nicht ein einzelnes Korn bleiben. Mein Leben soll Frucht bringen!« Es bedrückte ihn, daß er sich immer noch an Dinge festklammerte, die vergänglich und ohne bleibenden Wert waren, wie Eis oder Werkzeug. Er meinte immer noch, Rechte vor Gott zu haben, und wußte doch, daß er allein aus Gnaden lebte.

So befahl er seine Familie Gott an in dem Wissen, daß er sie eines Tages in Gottes Gegenwart wiedersehen würde.

Und was die anderen, materiellen Dinge anbetraf, an die er sein Herz so hängte, erkannte er plötzlich, daß sie im Licht der Ewigkeit wirklich nicht mehr zählten. Lieber würde er ohne sie auskommen, als ein einzelnes Korn zu bleiben, unfruchtbar für Gott. Er weihte sich Gott neu und stellte sich ganz unter seinen vollkommenen Willen. Keine größere Freude oder Segnung konnte er sich vorstellen, als das Vorrecht zu haben, Gott mit seinem Leben zu ehren oder auch durch seinen Tod.

»Herr«, betete er, »wenn du durch meinen Tod am meisten geehrt und verherrlicht wirst, dann bin ich bereit, zu sterben! Wenn du aber größere Ehre erhältst, indem du mich hier lebendig herausholst, dann ist auch das okay, Herr! Dein Wille geschehe!« Er machte eine lange Pause, um doppelt sicher zu sein, daß er es ernst meinte. »Danke, Herr!«

Mit diesen Worten setzte er seine Bibellese fort. Er wurde ermutigt durch Verse, die von Gottes Gnade und seiner großen Macht sprechen. Er rief sich in Erinnerung, wie Gott immer für sein Volk kämpfte und es von seinen Feinden befreite, wenn es ihn anrief. Geschehnisse aus alter Zeit gewannen an Bedeutung. Dürfte nicht auch er Gottes Allmacht in Anspruch nehmen?

Fast erschrak er vor sich selbst. Er hatte einen Entschluß gefaßt: »Ich werde fliehen! Heute nacht.« Er fühlte sich zuversichtlicher denn je, daß Gott ihm Gelingen schenken könnte. Der Flugzeugschlüssel – sein einziger Ausweg! Er besaß ihn noch. Aber dieser Schlüssel – das wußte er – war ohne Gott nutzlos.

Er begann, ganz vorsichtig ein Stück Baumstamm unter seine Pritsche zu schieben – als Atrappe, wenn er flüchtete. Fieberhaft überlegte er. Sollte er es wagen, in der kommenden Nacht, der dritten bei den Guerillas, einen Fluchtversuch zu unternehmen? »Aber was wird geschehen, wenn sie mich bei dem Versuch, aus dem Lager zu schleichen, erwischen? Sie werden mich töten oder mich an diese Bretter festbinden oder . . .«

Sonderbar! Gott schien ihn zu ermutigen: »Und wenn

sie dich auch an die Bretter festbinden – meine Gnade wird genug für dich sein!«

Klar, das stimmt! Paul sah es ein. Und es stärkte seinen Glauben, Gott mehr zu vertrauen.

In jener Nacht tat er kein Auge zu. Er wartete ständig auf eine Gelegenheit, sich vom Lager davonzustehlen und zum Flugzeug zu gelangen. In Gedanken plante er alles sorgfältig. Er mußte den kleinen Baumstamm zusammen mit seinen anderen Sachen so herrichten, daß sie wie sein Körper aussahen. Ja, genau! Und zuletzt würde er alles mit der Decke zudecken.

Jäh unterbrach ihn der Wächter in seinen Gedanken, als er mit seiner Taschenlampe auf Paul leuchtete. Etwas später in der Nacht vernahm Paul, wie ein Motorboot flußaufwärts tuckerte. Es kam näher. Jetzt legte es am oberen Ende des Lagers, an ihrem sogenannten »Hafen« an. Der Wächter, der seine Lampe gerade auf Paul gerichtet hatte, wandte sich ab und eilte in Richtung Hafen davon.

Nun erwachte Paul zum Leben. »Das ist meine Chance!« Schnell packte er den Baumstamm, legte ihn unter seine Decke und schob ihn ans Fußende der Pritsche.

Immer noch im Liegen kroch er unter der Decke hervor, zog seine Schuhe an und wollte gerade die Decke über seine Sachen legen. Da traf ihn der Lichtkegel der Taschenlampe. Er schien direkt auf Pauls Moskitonetz. Der Wächter mußte irgendeine Bewegung unter dem Netz bemerkt haben. Unbeirrt richtete er den Lichtstrahl auf Paul, trat näher und leuchtete direkt in sein Gesicht.

»O nein! Er hat mich erwischt!« Paul erstarrte. Angst packte ihn. Bestimmt war dem Wächter aufgefallen, daß er nicht unter der Decke lag, daß er seine Schuhe angezogen hatte, daß er in einer unbequemen Stellung schlief. So hatte er nicht gelegen, bevor der Wächter zum Hafen ging. Paul regte sich nicht und tat so, als ob er schlief.

Der Wächter hielt das Licht eine Weile auf seinen Gefangenen gerichtet. Irgend etwas stimmte nicht! Er entfernte sich kurz und weckte den Mann, der als nächster Dienst hatte. Paul hörte, wie sie sich leise unterhielten. Sogleich erschien der neue Wachhabende und leuchtete lange mit seiner Taschenlampe auf Paul. Ohne Zweifel wollte er sehen, ob er seine seltsame Lage veränderte. Aber das einzige, was sich bewegte, war Pauls Herz, das, gepackt von Angst, laut pochte.

Der Wächter kehrte zum ersten Wachposten zurück. Besprachen sie vielleicht, ob sie ihn festbinden sollten? Aber nichts geschah. Der erste Wächter legte sich müde auf seine Pritsche und der neue Wachhabende ging seiner üblichen Routine nach. Paul hauchte einen Seufzer der Erleichterung. Das nächste, was er vernahm, waren die Küchengeräusche, die um 4 Uhr morgens unüberhörbar den Dienstag ankündigten.

Paul fühlte sich erschöpft. Kaum ein Auge hatte er in dieser Nacht zugetan. Jede Bewegung genau zu überdenken, die Wächter konzentriert im Auge zu behalten, strengte ihn unheimlich an. Wirklich – sie achteten auf völlige Sicherheit! Am Vormittag entfernte einer der Wächter den kleinen Baumstamm, den Paul wieder unter seine Pritsche geschoben hatte. Paul empfand das Ganze als große Niederlage. Oder hinderte Gott ihn daran, das zu tun, was er sicherlich tun konnte? Aber Gott schien ihm zu sagen: »Paul, überleg doch: Was ermutigte dich gestern so?« Paul überlegte.

Nach einer Weile bekannte er: »Dein Wort, Herr!« Paul verharrte in stillem Gebet.

»Und jetzt . . .?«

Paul wußte, was er zu tun hatte. Je mehr er Gottes Wort las, desto mehr wurde er gestärkt.

Ein ganzes Panorama Heilsgeschichte Gottes zog an seinem inneren Auge vorbei. Er sah, wie Gott die Israeliten aus Ägypten ins verheißene Land führte. Wie großartig Gott seine Stärke und Macht in vielfältiger Art erwies! Er ließ Plagen über die Ägypter kommen, veränderte ihre Herzen, gab den Israeliten die Wolke, die sie tagsüber leitete und die Feuersäule nachts. Er teilte das Schilfmeer, damit sie es trockenen Fußes überqueren konnten. Er ließ Wasser aus dem Felsen fließen und speiste sie mit Brot und

Fleisch vom Himmel. Er vergab ihnen ihre Schuld, als sie das Sühneopfer brachten, das er forderte. Er rettete Israel von seinen Feinden, wenn es sich zu ihm kehrte. In großer Treue offenbarte er sich seinem Volk immer wieder als machtvolle Realität.

»Herr, du bist derselbe gestern und heute und in Ewigkeit!« Das Wissen um die bleibende Gegenwart Gottes auch in seinem Leben half Paul, Gott anzubeten und zu loben. Er dachte an die Armee, die Gott verblendet hatte, als sie Elisa gefangennehmen wollte, an Sauls Männer, die David nachstellten, und wie Gott einen tiefen Schlaf auf die ganze Armee fallen ließ. Er bekannte: »Herr, ich weiß, du kannst bei diesen paar Guerillas dasselbe tun. Du kannst sie in einen tiefen Schlaf fallen lassen. Du kannst sie blind machen, damit sie mich nicht sehen, wenn ich fliehe!«

Gott schien ihm zu antworten: »Nun, Paul, wenn du weißt, daß ich alles tun kann, warum überläßt du es mir nicht?«

»In Ordnung, Herr!«

Alle großen Taten Gottes am Volk Israel, von denen er gelesen hatte, wandte Paul jetzt auf die Gegenwart an. Derselbe große Gott, der Israel aus der Gefangenschaft geführt hatte, wohnte in seinem Herzen. Er wußte: Jesus Christus starb für mich am Kreuz auf Golgatha. Ich bin sein Kind! Hatte er nicht auch das Recht, Unmögliches von Gott, seinem Vater, zu erwarten? Und wenn er umgebracht werden sollte, würde dieselbe Macht Gottes, die Jesus von den Toten auferweckte, auch ihn bei der Wiederkunft Christi auferwecken!

Das Wissen um die grenzenlose Macht Gottes begeisterte Paul völlig. Er war überzeugt, daß die kommende Nacht die Nacht der Entscheidung wäre!

In der Zwischenzeit stärkte Gott Pauls Frau Pat im Missionshaus genauso wie auch die anderen Beteiligten. Pat staunte über ihre innere Ruhe, als sie erfuhr, daß Paul und das Flugzeug vermutlich von Guerillas entführt worden waren. Viele Menschen beteten für sie – eine ungeheure

Stärkung für sie! Mary Cain half ihr, bei ihrer Mutter in Chicago anzurufen. Ihre Mutter wiederum rief viele andere Christen zum Gebet auf.

Zwei ältere Damen, die zur Mitarbeiterschaft der Schule auf der finca zählten, waren besonders treu im Gebet. Während andere schliefen, beteten sie. Eine von ihnen, die den Kindern als Oma Paulsen bekannt war, versicherte Pat: »Gott wird unsere Gebete erhören und Paul bald zu uns führen. Er wird uns seine Geschichte mit Tränen in den Augen erzählen, und wir werden staunen.«

Trotz der Sorge um ihren Mann mußte die Arbeit weitergehen. Immer wieder ergaben sich Gelegenheiten für Pat, sich mit Leuten außerhalb der Mission zu treffen und ihnen von Jesus zu erzählen. Zunächst waren es vier Arbeiter, die den Kies auf der öffentlichen Straße durch das Missionsgelände erneuerten. Sie brauchten eine Mahlzeit. Während Pat ihnen ihr Essen vorsetzte, sprachen sie von der aussichtslosen Lage, in der sich ihr Mann befand. Mit stockenden Worten, jeder auf seine eigene Art, versuchten sie, Pat zu trösten, und versicherten ihr, daß es mit ihrem Mann bestimmt zu einem guten Ende kommen würde. Das gab ihr Gelegenheit, von ihrem allmächtigen Gott zu zeugen.

Besorgte Nachbarn erzählten Pat, daß sie Träume gehabt hätten, in denen es mit Paul einen guten Ausgang fand. Pat machte klar, daß sie nicht viel auf Träume gab, sondern Gott vertraute. Die Besuche boten ihr jedoch Gelegenheit zu zeigen, daß der Friede Gottes in ihrem Herzen regierte.

Eine der Nachbarinnen, die sah, daß Pat nicht weinte oder ständig litt, stellte ihre Liebe zu Paul in Frage. Dieses Mißverständnis konnte Pat schnell entkräften! Ihre größte Sorge galt vielmehr der Tatsache, daß Gott einige ältere und jüngere Mitglieder der Mission nachts beten ließ, während sie selber wie ein Kind schlief. Sie wartete auf die Hilfe des Herrn und wollte sich nur noch fester auf ihn stützen.

Am Sonntag blieb Pat mehr Zeit, um über die Folgen

von Pauls Gefangenschaft nachzudenken. Wie die anderen Mitglieder der Mission wußte sie, daß es nur noch um Tod oder um Errettung durch ein Wunder ging. Im Laufe ihrer Ehe war sie oft mit der Möglichkeit konfrontiert worden, daß ihr Mann einmal nicht zurückkehren würde – von Fahrten zur Kontaktaufnahme mit einem Stamm in Venezuela, von Flügen in Panama, von vielen Versorgungsflügen zu den Missionaren unter den Macú und in den letzten Jahren von der ständigen Gefahr durch Guerilla-Überfälle in den Stammesgebieten. Sogar Kokain-Pflanzer waren eine Bedrohung für Flugzeuge, die tief über ihren Feldern flogen.

Am nächsten Tag fühlte sich Pat unruhiger als sonst. Sie wollte Pauls Wäsche waschen. Bei dem Gedanken, daß sie ihn vielleicht nie wiedersehen würde, schienen ihr sogar seine Hemden fast heilig. Sie nahm eins, an dem der Schmutz und der Geruch noch klebten und steckte es in eine Plastiktüte.

Im nächsten Augenblick ermahnte sie sich jedoch: »Pat, du wirst sentimental! Wirkt sich die Trennung so bei dir aus?« Sie zögerte. »Und ich werde das Hemd trotzdem in der Plastiktüte lassen, bis ich ihn wieder in die Arme schließen kann!«

6. Unter Freunden und Feinden

In Morichal gefangen, ohne die Möglichkeit, irgendwo hinzugehen, dachte Steve an Zeiten, in denen er sich gewünscht hatte, seinem vollen Zeitplan zu entfliehen, um mehr Zeit mit Gott zu verbringen. Vielleicht in der Wüste – dachte er. Jetzt befand er sich an einem ähnlichen Platz. Er hatte so viel Zeit, wie er wollte, um im Wort Gottes zu lesen und zu beten. Entweder allein oder mit Cains zusammen. Doch war es freilich nicht gerade das, was er sich vorgestellt hatte.

Steve kannte die Cains nur flüchtig. Nie hatte er solch

eine enge Gemeinschaft mit ihnen genossen wie jetzt. Schon die Bedingungen ihrer »Haft« sorgten für Nähe. Was in den Vordergrund trat, war ihr Einssein in Christus. Steve teilte Tim und Bunny die Verse mit, die ihm auf dem Weg von der Landebahn eingefallen waren. Auch Cains nannten ihm Bibelverse, die in diesen Tagen sehr bedeutsam für sie wurden. Nach und nach legte Tim seine ersten bitteren Gefühle ab. Die Erkenntnis, daß Gott diese ganze ausweglose Situation fest in seiner Hand hielt, gab ihm inneren Auftrieb.

Während sich die drei Missionare an verschiedenen Bibelabschnitten erfreuten, sprach Gott sie an. Vieles, was sie bei sich entdeckten, gefiel ihnen nicht und konnte erst recht Gott nicht gefallen: das Festhalten an bestimmten Dingen und Rechten, die sie unbewußt für sich beanspruchten. Zweifellos machten sie auch ähnliche Entdeckungen wie Paul in seiner Situation. Die drei in Morichal zögerten nicht, sich gegenseitig Schuld zu bekennen. Dann beteten sie darüber – allein und gemeinsam. Es hatte den Anschein, daß Gott sie als Gemeinschaft läutern und zu größerer geistlicher Reife heranführen wollte.

Ein Bibelabschnitt berührte Steve, Tim und Bunny ganz besonders:

»Denn in uns ist keine Kraft gegen dies große Heer, das gegen uns kommt. Wir wissen nicht, was wir tun sollen, sondern unsere Augen sehen nach dir.

Ihr sollt euch nicht fürchten und nicht verzagen vor diesem großen Heer; denn nicht ihr kämpft, sondern Gott.«
(2. Chronik 20,12.15)

Die Bibel drückt es so viel treffender aus, als sie es empfanden, ihre ganze Hilflosigkeit, aber auch die Erkenntnis, daß für Gott nichts zu schwer ist.

Tim dankte Gott, daß seine Eltern für ihre beiden Töchter sorgen würden, falls er umkommen sollte. Dann fügte er hinzu: »Aber, Herr, du gabst sie mir, und eigentlich bin ich für sie verantwortlich, das weißt du ja!«

Der 91. Psalm war eine besondere Ermutigung in der Frage der Rettung:

»Wer unter dem Schirm des Höchsten sitzt
und unter dem Schatten des Allmächtigen bleibt,
der spricht zu dem HERRN:
Meine Zuversicht und meine Burg,
mein Gott, auf den ich hoffe.
Denn er errettet mich vom Strick des Jägers
und von der verderblichen Pest.«

Mehr als einmal sprachen sie von der Möglichkeit der Flucht. Aber in einem Punkt stimmten sie alle überein: Entweder würden alle drei fliehen oder niemand!

Die weiteren Verse des 91. Psalms schienen ebenso genau auf ihre Situation zuzutreffen:

»Er wird dich mit seinen Fittichen decken,
und Zuflucht wirst du haben
unter seinen Flügeln.
Seine Wahrheit ist Schirm und Schild,
daß du nicht erschrecken mußt
vor dem Grauen der Nacht,
vor den Pfeilen, die des Tages fliegen,
vor der Pest, die im Finstern schleicht.«

»Mensch!« sagte Steve, als ihm zum ersten Mal der letzte Satz auffiel. »Das bezieht sich doch auf unsere Bewacher – ›vor der Pest, die im Finstern schleicht!‹ Machen sie nicht nachts so viel Krach, halten uns wach, leuchten mit ihren Taschenlampen direkt in unsere Augen?« Dem lautesten der Wächter hatten sie den Spitznamen »Musikbox« verliehen. Während seiner Rundgänge benutzte er Tims kleinen Kassettenrekorder, um Musik zu hören.

Tim besaß eine Ukulele, die den drei Gefangenen half, beim gemeinsamen Singen im Einklang zu bleiben. Das Lied, das ihnen am meisten bedeutete und zu ihrem Leitmotiv wurde, beinhaltete einen Teil des fünfundzwanzigsten Psalms:

»Nach dir, HERR, verlanget mich.
Mein Gott, ich hoffe auf dich;
laß mich nicht zuschanden werden,
daß meine Feinde nicht frohlocken über mich.
Denn keiner wird zuschanden, der auf dich harret;

aber zuschanden werden die leichtfertigen Verächter.
HERR, zeige mir deine Wege
und lehre mich deine Steige!
Leite mich in deiner Wahrheit und lehre mich!
Denn du bist der Gott, der mir hilft;
täglich harre ich auf dich.«

Es dauerte eine Weile, bis Tim und Steve lernten, daß sie mit den Guerillas nicht reden konnten, wenn zwei oder mehr zusammen waren. Nur Gott vermochte ihnen Liebe zu ihren Bewachern zu schenken – und er tat es auch. Sie suchten nach Möglichkeiten, ihnen um Jesu willen Freundschaft zu erweisen.

»Erzähl uns doch etwas über deine Familie«, baten sie den einen.

»Dürfen wir nicht«, lautete die kurze Antwort. Die Missionare betrachteten die jungen Terroristen als bedauernswerte Sklaven. Verschiedentlich hatte Tim von Versprechungen gehört, die Jugendlichen gemacht wurden, um sie zu begeistern, sich der Guerillabewegung anzuschließen: »Ein gutes Gehalt mit Urlaubsanspruch, und alles zu einem guten Zweck.« Aber wie die jungen Menschen später entdeckten, erwartete sie ein hartes, sehr einsames Leben. Freunde und Angehörige beschwerten sich, daß ihre Lieben in so weite Ferne geschickt wurden. Urlaub gewährte man ihnen erst nach Jahren. Wenn sie in die Stadt durften, war ihnen nicht erlaubt, allein zu sein, nicht einmal bei Gesprächen mit Freunden oder Verwandten. Und wenn einer floh, suchte man ihn solange, bis man ihn fand. Er durfte nicht am Leben bleiben. Er »wußte zu viel«, er »redete zu viel«.

Eines Abends setzte sich ein Wächter an den Tisch, an dem sich Tim und Steve gerade unterhielten. Er schien in ihrer Gegenwart zu entspannen. Diese Missionare hatten ihm nie Ärger bereitet. Da er eine Beziehung zu Kommunisten in Rußland und Kuba vorgab, stellten Tim und Steve ihm einige Fragen zur Religionsfreiheit in diesen Ländern:

»Stimmt es, daß es in Kuba evangelikale Gemeinden gibt?«

»Natürlich! Die Kommunisten haben nichts gegen Religion!«

»Gibt es Kirchen in Rußland?«

»Ja, sicherlich. Wir sind nicht gegen Religion«, betonte er.

»Und warum werden wir denn gefangengehalten, nur weil wir eine religiöse Arbeit tun?« fragte Tim.

»Weiß nicht«, sagte er ausweichend. Über diese Frage hatte er wohl noch nicht nachgedacht. »Manche Dinge erzählen sie uns nicht.«

Der Wächter legte sein Gewehr auf den Tisch und gähnte. Sein Kopf sank immer tiefer auf den Tisch. Bald schlief er fest.

Tim und Steve schauten sich gegenseitig an und schmunzelten. Jeder von ihnen hätte das Gewehr problemlos wegnehmen können. Stolz auf dieses Gewehr, prahlte der Wächter erst vor kurzem, daß es den Stahl eines Eisenbahngleises durchlöchern oder ein Flugzeug abschießen könnte.

Tim wollte nicht, daß der Wächter beim Schlafen erwischt wurde, und stieß ihn fest am Arm. »Wach auf! Du mußt deine Runde ums Lager drehen!« mahnte er. »Sonst kriegst du Ärger!«

Erschrocken wachte der Wächter auf und schien einen Augenblick lang nicht zu wissen, wo er sich befand. Dann schüttelte er sich und nahm seinen Dienst wieder auf.

Die Puinave kamen weiterhin unter jedem erdenklichen Vorwand, um nach den Missionaren zu schauen. Manchmal durften sie auch zu mehreren das Haus betreten, aber immer in Hörweite der Wächter. Unterdessen sprachen die anderen draußen mutig mit den Guerillas. Bei diesen Gesprächen hielt Tim stets die Ohren gespitzt. Er vernahm, wie Alberto, der Dorfchef, einen von ihnen fragte: »Warum haltet ihr diese Leute fest? Sie haben doch gar nichts verbrochen!«

»Nun, wir sind am Ermitteln. Wir glauben, daß es böse Menschen sind.«

»Ich kann euch garantieren, daß sie es nicht sind!« beteuerte Alberto erregt. »Diese Leute sind jetzt schon seit mehr als drei Jahren bei uns, und sie haben uns nur Gutes getan. Sie haben uns das Wort Gottes gelehrt, uns geholfen, wenn wir krank waren und für die Medizin kein Geld abgenommen. Sie brachten uns Sachen aus der Stadt mit. Wenn ihr unbedingt böse Menschen fangen wollt, nun – da gibt es allerhand gemeine Typen, die frei herumlaufen.

Schaut euch die Rauschgifthändler an«, fuhr Alberto fort. »Sie kommen hier vorbei und verkaufen uns ein paar Batterien zu einem superhohen Preis. Sie nehmen so viel Geld für notwendige Kleinigkeiten wie Seife, Salz, Angelhaken, daß wir sie nicht bezahlen können. Das hat Timoteo nie gemacht!« Er redete immer heftiger auf sie ein und versuchte, die Guerillas zu überreden, die Missionare freizulassen.

Abends trafen sich die Guerillas mit den Puinave im Gemeinschaftshaus. Tim konnte hören, was gesagt wurde. Die Guerillas versuchten, die Puinave von der Bosheit der Missionare zu überzeugen.

»Nein«, widersprachen die Indianer. »Das sind keine bösen Menschen!«

Dann erzählte einer der Guerillas, wie schrecklich alle Amerikaner seien. Er stellte Kriegshandlungen der USA als regelrechte Greueltaten dar, angefangen mit Hiroschima. »Diese Menschen sind Agenten des CIA«, fügte er hinzu. »Sie organisieren Massaker an Frauen und Kindern.« Seine Stimme schwoll an: »Die Amerikaner stecken mit der kolumbianischen Regierung unter einer Decke, um den Armen ihren Lebensraum wegzunehmen.«

Erregt sprangen die Puinave auf. »Nein, nein und nochmals nein! Das sind gemeine Lügen! Diese Leute sind nicht so! Das ist nicht wahr!«

»Diese Amerikaner behandeln euch gut, weil sie etwas von euch wollen. Es dauert nicht lange, dann werden sie euch etwas wirklich Schreckliches antun. Man kann einen Tiger nicht als Haustier halten!«

Einer der Puinave, der äußerlich gelassen wirkte, aber innerlich kochte, lehnte sich zurück und flüsterte, so daß es der Guerilla nicht hören konnte: »Der Tiger – das bist du!«

Weil die Indoktrinierungssitzungen der Guerillas die Gläubigen von ihrer allabendlichen Bibelstunde in der Gemeinde abhielten, sorgte Alberto dafür, daß sie sich später zum Gottesdienst trafen. Ein großes Gebetsanliegen vereinte die Gläubigen, daß Gott die Guerillas daran hinderte, ihren geliebten Missionaren Tim und Bunny irgendein Leid anzutun.

Die Guerillas nannten die Puinave Tims »Familie«. Sie staunten nicht wenig, wie sehr diese Indianer die Cains liebten. Die Taktik der Guerillas bestand von Anfang an darin, das Vertrauen der Indianer zu gewinnen und sie zu überzeugen, daß nur sie – die Guerillas und nicht die Regierung – ihr Bestes wollten. Sie fügten hinzu: »Gibt es irgendeinen Kolumbianer, der euch belästigt? Wenn ja, sagt es uns, und wir werden uns um ihn kümmern.«

Tim wußte, sie würden in einem solchen Fall tatsächlich handeln. Von den Indianern hatte er einiges über die Vorgehensweise der Guerillas gelernt. Es überraschte ihn immer wieder, daß die Indianer Dinge wußten, von denen die Städter nichts ahnten. Ihr Nachrichtensystem an den Flüssen funktionierte hervorragend, auch unter den verschiedenen Stämmen.

Einmal fühlte sich ein Kokainpflanzer bedroht, als Missionare den gläubigen Indianern sagten, der Kokainanbau sei gegen das Gesetz. Er richtete seinen ganzen Haß gegen zwei Missionare an verschiedenen Standorten in einem kleinen Stamm. Die Indianer entdeckten, daß der Mann zu den Guerillas Kontakt aufnahm, denen er regelmäßig »Steuern« entrichtete, und sie bat, diese Missionare aus der Welt zu schaffen. Sofort suchten die Indianer den Kokainpflanzer auf und bedrohten ihn.

»Am besten du verschwindest, wenn dir dein Leben lieb ist!« warnten sie ihn.

Der Mann nahm ihre Drohungen ernst und verschwand schleunigst aus dem Gebiet.

Wehe aber jeder Indianergruppe, die den Guerillas im Wege stand! Wenn die Freundschaftstaktik nicht funktionierte, versuchten die Guerillas, die Indianer das Fürchten zu lehren. Um sie einzuschüchtern und ihnen die Folgen des Ungehorsams verständlich zu machen, brachten sie einfach ein paar Indianer um.

Gleich zu Anfang der Gefangenschaft lag Tim daran, etwas Wichtiges mit den Guerillas zu klären. So sprach er mit den Wächtern, die sich gerade im Haus aufhielten:

»Wenn ihr Kerle an ein Lösegeld denkt, könnt ihr es euch gleich aus dem Kopf schlagen. Unsere Mission zahlt grundsätzlich kein Lösegeld. Wir haben alle ein Papier unterschrieben, daß wir damit einverstanden sind, kein Lösegeld zu zahlen und auf keine Forderungen einzugehen, die Geiselnehmer stellen.«

Einer der Guerillas zeigte sich ziemlich besorgt wegen Tims Ankündigung. Er lief aus dem Haus und sprach aufgeregt mit den anderen Guerillas.

»Habt ihr gehört, was er gesagt hat?« Er gab Tims Worte in leisem Ton wieder. Eine ganze Zeitlang schien er sich Sorgen zu machen. Zweifellos beriet er sich später über Funk mit einem Vorgesetzten. Am nächsten Tag erschien er wieder.

»Als wir euch gefangennahmen, war es nicht unser Ziel, ein Lösegeld zu verlangen«, begann er stockend. »Es geht uns nur um gewisse Ermittlungen.« Die Missionare wußten nie genau, wie weit sie den Worten der Guerillas Glauben schenken konnten. Ihre Bewacher erzählten so viele offensichtliche Lügen, daß die drei begannen, an allem zu zweifeln. Sie lernten, alles, was ihnen gesagt wurde, mit Vorbehalt zu betrachten. Außerdem bestand kein Zweifel, daß die Wächter selber nicht alles wußten, was hinter den Kulissen vor sich ging.

Eines Tages sprach Tim mit dem Jüngsten der Guerillagruppe, den das Trio »Kid« nannte.

»Warum seid ihr von so weit hergekommen und habt so viel geopfert, nur um die Bibel zu unterrichten?« fragte »Kid«.

»Hast du je in der Bibel gelesen?« fragte Tim. »Oder weißt du etwas darüber?«

»Nein, wir glauben nicht an die Bibel. Wir Guerillas

werden wissenschaftlich gelehrt. Bei uns zählt das Wissen, nicht der Glaube.« Dann gab er Tim eine vereinfachte Erklärung der Evolutionstheorie.

»Weißt du, mit der Evolution habe ich ein Problem«, erwiderte Tim. »Es fällt mir schwerer, an die Evolution zu glauben als an das, was in der Bibel steht. Warum? Weil diese Theorie behauptet, alles sei einfach von selbst entstanden. Aber woher kam dieses alles? Die Erklärung der Bibel dagegen, daß Gott alles geschaffen hat, leuchtet mir ein. Er war schon immer. Er ist allmächtig und weise. Er ist es, mit dem alles begann – diese Welt und ihre Geschichte.«

Darauf wußte der junge Guerilla keine Antwort.

Tim ließ nicht locker. »Wie erklärt ihr den Beginn dieser Welt? Wie stellt ihr es euch vor?«

»Na ja, sehr wissenschaftlich. Aber alles haben sie uns noch nicht erklärt.«

»An deiner Stelle würde ich alles nachprüfen«, ermunterte ihn Tim. »Wenn du mich überzeugt hast, daß eure Theorie stimmt, werde ich daran glauben. Ich glaube der Bibel nämlich nicht nur, weil jemand mir sagte, daß sie stimmt. Ich habe sie als Realität in meinem Leben erfahren! Ich weiß, daß Gott jeden Tag durch sein Wort mit mir spricht.«

Darauf hatte »Kid« keine Antwort. Ihm schien es an der Zeit, das Thema zu wechseln.

Die Guerillas machten sich scheinbar Sorgen wegen Tims Erkrankung. Obwohl eindeutige Symptome von Filaria erkennbar waren, traten zusätzlich rote Flecken auf. Sein Zustand schien sich eher zu verschlechtern als zu verbessern. Er litt unter Appetitlosigkeit und nahm ständig ab.

Einer der Guerillas versuchte ihm zu helfen: »Ich habe hier einige intravenöse Spritzen gegen Magenbeschwerden«, sagte er. »Laß mich dir eine geben!«

»Bitte nicht!« wandte Tim ein. »Mein Magen ist in Ordnung!«

Eine Zeitlang schien es, als ob der Wächter seinen Willen durchsetzen wollte. Tim war zu Tode erschrocken. Aber irgendwie ließ sich der Guerilla dazu überreden, die Spritze nicht zu verabreichen. Langsam ging es Tim besser, und er wurde gesund.

Bunny mußte normalerweise eine Diät gegen Hypoglykämie (Blutunterzucker) einhalten, aber jetzt zeigten sich – außer einer Übersäuerung des Magens, die sehr lästig war – keine Beschwerden in dieser Hinsicht. Die Magenbeschwerden hatten beim Erscheinen des ersten Guerillas eingesetzt. Sie spürte die Notwendigkeit, innerlich zur Ruhe zu kommen und betete um Erleichterung.

Etwa am sechsten Tag der Gefangenschaft bat Tim um Erlaubnis, mit Alberto zu sprechen. Alberto arbeitete hinter dem Haus an einem Kanu.

Sie gewährten es ihm.

Erfreut über die Möglichkeit, mit diesem Puinave-Christen allein zu sprechen, verließ Tim das Haus. Er versicherte Alberto, daß es ihnen gut ginge und man ihnen bis zu diesem Zeitpunkt nichts Böses angetan hätte.

Alberto erzählte, wie Gott ihm half im Kampf mit sich selber und seinen alten Neigungen. In diesem Fall war es die Versuchung, Tim mit eigenen Händen zu verteidigen. Die Blutrache war früher einmal wichtiger Bestandteil seiner Kultur gewesen. Wenn er je Grund gehabt hätte, darauf zurückzugreifen, so war es jetzt. Andere bestärkten ihn darin und erinnerten ihn an ihre kämpferischen Vorfahren, die es gelernt hatten, mit Kriegskeulen umzugehen – und Kriegskeulen könnten sie immer noch herstellen! »Diese Guerillas belästigen die Diener Gottes!« schimpften sie, um ihr Vorhaben zu rechfertigen.

Aber das Evangelium hatte Albertos Leben verändert. Lehrte Tim sie nicht: »Liebt eure Feinde, tut denen Gutes, die euch hassen« (Matthäus 5,44). Trotzdem wurde Alberto die ganze Nacht lang von Rachegedanken geplagt. Alberto beschrieb sein Erleben als ein nächtliches Tauziehen. Ein Kampf zwischen dem alten und dem neuen Menschen, bis Gott schließlich siegte, und er alles – auch die Rache – in Gottes Hände legte. Am nächsten Morgen bekundete er seinen Freunden: »Nein, Gott will nicht, daß wir die Guerillas umbringen. Er bestimmt den Zeitpunkt des Gerichts!«

Der Chef eines Dorfes, das flußabwärts lag, besuchte gerade an diesem Morgen Albertos Haus. Er hatte den gleichen Vorsatz wie Alberto am gestrigen Tag. »Wäre es nicht eine ehrenvolle Sache, Tim vor seinen Feinden zu schützen?« Alberto erinnerte ihn an Gottes Wort: »Liebt eure Feinde!« Er erzählte von den Qualen der vergangenen Nacht: »Glaub mir, es war eine furchtbare Nacht, bis ich verstand, daß wir die Vergeltung Gott überlassen sollen!«

Ernst schaute Alberto Tim an und fügte hinzu: »Wenn dieser Häuptling einen Tag früher zu mir gekommen wäre, wir hätten die falsche Entscheidung getroffen!«

Tim freute sich: »Ihr habt richtig gehandelt, Alberto! Haltet fest an Gottes Wort! Ich will nicht, daß ihr etwas anderes tut, auch nicht mir zuliebe. Achtet auf das, was Gott euch sagt!«

Tim war begeistert zu erfahren, daß sie auf Gottes Stimme gehört und der Versuchung widerstanden hatten!

Tim und Bunny erläuterten den Puinave die Entscheidung der Mission, nie ein Lösegeld für einen Missionar zu zahlen. Sie gaben ihnen auch zu verstehen, daß sie mit dem Tod rechneten. Mehrere, die dabeistanden, meldeten sich zu Wort. Wenn es hart auf hart käme, wären sie bereit, Tim und Bunny sogar mit ihrem Leben zu verteidigen.

»Nein«, erwiderte Tim. »Wenn die Guerillas uns umbringen, nehmen wir es an. Gott versprach uns kein einfaches Leben. Im Gegenteil, die Bibel sagt, daß wir leiden werden, gerade weil wir seine Kinder sind. Es wird für euch schwerer sein als für uns, weil ihr niemanden haben werdet, der euch lehrt. Aber der Heilige Geist wohnt in euren Herzen und wird euch lehren! Ich möchte, daß ihr allein weitermacht und fest an Gottes Wort bleibt! Jetzt kennt ihr selber die Wahrheit.«

Die Gläubigen lauschten gespannt auf jedes Wort, das Tim sagte, als ob sie einem Sterbenden zuhörten. Dann wollten einige genau wissen, was die Guerillas ihnen weggenommen hatten. Tim versuchte, es zu erklären. Er erwähnte das Radio und ihr Tonbandgerät und viele andere Dinge des täglichen Gebrauchs. »Was sie aus Van Allens Haus mitgenommen haben, weiß ich nicht«, fügte er hinzu. »Das ganze Haus gleicht einem Trümmerhaufen.«

Jetzt meldete sich Chico zu Wort, um Tim wegen seiner Verluste zu ermutigen: »Das sind nur materielle Dinge, Timoteo, Gott kann dir das alles zurückgeben. Was uns wichtig ist, bist du!«

Ein breites Lächeln huschte über Tims Gesicht. Hier gab der Schüler seinem Lehrer eine Wahrheit wieder, die ihm viel bedeutete. Was für eine Ermutigung für Tim, das neue Leben in den jungen Christen wachsen zu sehen! Gott hatte sein Werk in ihnen begonnen. Tim nahm die Gelegenheit wahr, sie weiter zu lehren: »Tut euren Feinden Gutes!« Er erinnerte sie an den Vers: ». . . wenn dein Feind Hunger hat, gib ihm zu essen . . .« (Römer 12,20). Das war schwer zu verstehen. Aber die Christen richteten sich wortwörtlich danach.

Wie staunten die Guerillas, als eine Puinave-Familie ihnen eine große Schüssel Essen schickte! Eine andere Familie brachte reife Bananen in Van Allens Küche, wo sie ihre Mahlzeiten einnahmen. Viele folgten diesem Beispiel. Diese Gläubigen »sammelten feurige Kohlen« auf das Haupt ihrer Feinde. Die Wächter wunderten sich. Welche innere Kraft trieb die Indianer, so zu handeln? Sie ahnten nicht, daß Gottes Liebe dazu fähig macht.

Die Gespräche mit diesen Brüdern in Christus ermutigten Tim sehr. Es fiel ihm erst später auf, daß Gott sein Gebet wirklich beantwortet hatte. Bat er Gott nicht, etwas geschehen zu lassen, was sie aufrüttelt? Als er an Alberto, Chico und viele andere dachte, für die das Wort Gottes zum Lebensmaßstab geworden war, hatte er das Gefühl, er könnte beruhigt sterben. Sein Ziel war erreicht. Für einige Augenblicke fühlte er sich wie Simeon, der sprach: »Nun läßt du deinen Diener in Frieden sterben« (Lukas 2,29).

»Und deine Kinder?« durchfuhr es ihn. »Brauchen sie dich nicht? Und Bunny?« Er dachte auch an den Unterricht, den er für die junge Gemeinde vorbereitet hatte. Die ganze Bibel wollte er mit ihnen durcharbeiten und hatte erst den Römerbrief erreicht. Sie besaßen eine Art Bibelübersetzung, die mit Hilfe eines Indianers aus einem anderen Stamm erstellt worden war, der Puinave als zweite Sprache sprach. An einer Revision wurde jetzt gearbeitet. Trotzdem brauchten sie den Unterricht in ihrer eigenen Sprache. Hatte er wirklich schon sein Ziel erreicht?

Nein, noch nicht! »Herr, ich glaube, du hast noch Arbeit für mich«, seufzte er. Tim schöpfte Hoffnung, daß Gott ihn lebendig aus dieser Hölle herausholen würde. Er entwickelte sich förmlich zum Optimisten der dreien. Dagegen wagten die beiden anderen kaum zu hoffen, daß Gott sie retten würde. Aber Tim ermutigte sie: »Ich fühle, ja, ich weiß, Gott wird uns befreien! Ich habe meinen Auftrag noch nicht erfüllt!«

»Und ich? Wie denkst du darüber?« fragte Steve.

»Für dich gilt das Gleiche, Steve! Für uns alle drei!«

7. Danke, Herr!

Dienstag, 8. Oktober! In Gedanken arbeitete Paul einen genauen Fluchtplan aus, motiviert von nichts anderem als den Verheißungen Gottes. Nach seiner Einschätzung standen ihm noch neunzig Liter Kraftstoff zur Verfügung. Das würde reichen, um fast anderthalb Stunden zu fliegen, aber nicht, um nach Hause zu gelangen. Immerhin gewährleistete es einen sicheren Abstand zwischen ihm und den Guerillas.

»Ich werde im Dunkeln starten müssen«, dachte er sich. »Aber ich will ganz bestimmt nicht im Dunkeln landen!«

Paul legte sich schlafen. Er plante, kurz vor Sonnenaufgang aufzubrechen. Dann wäre es bei der Landung hell. Da seine Armbanduhr nicht mehr funktionierte, blieb ihm nichts anderes übrig, als Gott zu vertrauen, ihm trotz der Taschenlampenkontrollen einen guten Schlaf zu schenken und ihn rechtzeitig zu wecken.

In dieser Nacht schlief er so fest, daß er seine Umgebung vergaß, bis ihm ein Licht ins Gesicht schien und ihn störte. Er öffnete die Augen und blinzelte. »Ach so, der Wächter macht seinen Kontrollgang.«

Plötzlich hielt er inne:

Ja, natürlich! Wollte er nicht fliehen – heute nacht? Ja, heute nacht! Danke Herr, daß du mich geweckt hast!

Sobald der Wächter sich entfernt hatte, richtete sich Paul auf. Er hatte keine Ahnung, wie spät es war, schätzte jedoch, daß es bald Morgen sein müßte. Wenn der Mond jetzt aufgehen sollte, wäre eine Flucht schwieriger. »Nun mach schon, beeil dich, bevor der Mond aufgeht und der Wächter noch einmal auf seinem Rundgang vorbeikommt und mit seiner Taschenlampe leuchtet«, spornte sich Paul an. Er neigte den Kopf: »Lieber Herr, bitte mach die Augen der Wächter blind, daß sie nicht sehen und ihre Ohren taub, so daß sie nichts hören können! Und laß die, die schlafen, so fest schlafen, daß sie nicht aufwachen! Danke, Herr!« Sein Herz pochte vor Aufregung.

Alles war still – unheimlich still.

»Ich werde warten, bis ich jemanden schnarchen höre«, beschloß Paul. »Das will ich als Zeichen nehmen, daß Gott mein Gebet erhört.«

Aber niemand schnarchte.

Paul legte sich wieder ins Bett, horchte und wartete.

Wertvolle Sekunden verstrichen. Irgendwie konnte er sich nicht dazu bringen, die Seite seines Moskitonetzes zu heben und aufzustehen. Immer noch schnarchte niemand.

In diesem Augenblick kam der Wächter zurück. Er richtete seine Taschenlampe auf Paul. Paul erstarrte. Angst packte ihn.

Aber gelassen drehte sich der Wächter um und verschwand.

In dieser Sekunde spürte Paul, wie Gott ihm einen sanften Stoß gab. Er wurde daran erinnert, wie Israel zum Jordan kam. Josua sagte damals: »Wenn die Fußsohlen der Priester ... in dem Wasser des Jordan stillstehen ..., wird Gott das Wasser teilen, so daß alle trockenen Fußes hinübergehen.« Paul verstand sofort, was gemeint war: »Paul, sobald du die Füße aus diesem Moskitonetz ziehst, erledige ich den Rest für dich!«

»Gut, Herr.« Paul stand sofort auf und fing an, eine Attrappe zu bauen. Er nahm seine Ledertasche, rollte seine Kleider als Bündel zusammen und ordnete alles so, daß man darunter einen Menschen vermuten konnte. Die Ledermappe mit seiner Bibel und seinen Studiennotizen stellte er aufrecht, weit offen, ans Fußende, um seine Füße darzustellen. Dann breitete er seine Decke über alles. So, jetzt sah es aus, als ob er da läge. Paul steckte das Moskitonetz unter die Matratze und machte sich, Schritt für Schritt, auf den Weg.

Ohne das geringste Geräusch zu verursachen, entfernte er sich von seinem Schutzdach zum verbotenen Pfad. Schon war er beim letzten Schutzdach angekommen. Gleich mußte er den Pfad erreicht haben, der ihn aus dem Lager führte. Da trat er auf einen Zweig, der krachend zerbrach.

O nein! Paul erstarrte und wartete darauf, daß ein Licht auf ihn gerichtet würde. Aber kein Licht leuchtete auf. Kein Geräusch war zu hören. Paul ging weiter. In seinem Herzen seufzte er ein »Danke, Herr!« der Erleichterung. Bald befand er sich auf dem Pfad. Mit jedem Schritt ging er schneller und immer öfter flüsterte er: »Danke, Herr!«

Trotz der Dunkelheit konnte Paul erkennen, daß die Wälder und der Weg naß waren. Wieder wurde ihm bewußt, wie gut er geschlafen hatte, denn scheinbar hatte es in der Nacht geregnet.

»Danke, Herr. So rascheln die Blätter viel weniger«, sagte er im stillen.

So schnell es in der Dunkelheit möglich war, eilte Paul den 700 Meter langen Pfad zum Flugzeug entlang. Die Nacht war pechschwarz. Bald verlor er die Spur. Er verwickelte sich in einigen dichten Büschen und Ranken. Verzweifelt mußte er seinen Weg zum Pfad wieder zurücktasten. Dann verirrte er sich auf der anderen Seite des Pfades. Er kletterte über Baumstämme, die nach seiner Erinnerung vorher nicht auf dem Weg lagen. Befand er sich noch auf dem richtigen Weg?

»Langsam, Paul«, schalt er sich. Als er den Pfad endlich wiederfand, ging er gebückt weiter, den Weg mit den Händen abtastend. Er machte sich keine Gedanken um Tiere, die nur nachts jagen, kriechen oder schleichen. Er konzentrierte sich nun darauf, auf dem Weg zu bleiben und vorwärts zu kommen.

Als Paul schließlich die Stelle erreichte, wo er das Flugzeug vermutete, war kein Flugzeug zu erkennen. Aber in der Finsternis meinte er, die Form eines Hauses auszumachen. Seltsam, er konnte sich an kein Haus hier erinnern.

»Bin ich den falschen Weg gegangen?« Ein furchtbarer Gedanke. Vielleicht schläft jemand dort? Er kroch darauf zu und streckte die Hand aus, um es zu betasten. Nein, das war kein Haus. Das war – das Flugzeug! Die Guerillas hatten es mit einer schwarzen Plastikplane zugedeckt und Äste und Palmblätter über die Flügel gelegt.

Auch das noch! Paul blieb entsetzt stehen. »Alles muß entfernt werden, das ganze Zeug, bevor ich das Flugzeug überhaupt drehen kann!« Die Nase war noch auf die Bäume gerichtet. Eine Riesenarbeit! An eine schnelle Flucht war gar nicht zu denken! Auf keinen Fall durfte er das Flugzeug drehen, nachdem er den Motor gestartet hatte. Wegen der nahe stehenden Bäume und Pfähle gab es nicht genug Platz, das Heck zu wenden.

Zum ersten Mal wünschte sich Paul sehnlichst, daß Steve dabei wäre. Zwei Männer brauchte man mindestens, um die Aufgabe zu lösen, die vor ihm lag.

»Steh nicht einfach da! Mach dich an die Arbeit!« spornte er sich wieder an.

Durch heftige Regenfälle war das Gestrüpp naß und der Boden schlammig. Blind im Dunkeln tastend, entfernte er Blätter, Äste und Plastikplane. Als nächstes wischte er mit seinen ausgestreckten Armen das ganze Flugzeug ab. Die

Sensorantenne war von einem Ast zertrümmert worden. Wie aber sollte er das Flugzeug bewegen? »O Gott, gib mir die Kraft«, flehte er. Vorsichtig schob er es hin und her, bis er ausrutschte und seinen Rücken verrenkte.

Da er einen zweiten Ausrutscher im Schlamm nicht riskieren wollte, zog er seine Schuhe aus, um mit den Zehen einen besseren Halt zu bekommen. Die Schuhe in den Händen, überlegte er sich, wo er sie hinlegen könnte. Da fiel ihm der Schlüssel im Futter ein. O Schreck! Fast hätte er ihn vergessen!

»Auf keinen Fall darf ich den Schlüssel verlieren«, keuchte er. Er zog den Zündschloßschlüssel aus dem Schuh und steckte ihn zwischen die Zähne. Dann überlegte er es sich doch anders. »Was mache ich, wenn ich in diesem Schlamm nochmals ausrutsche, hinfalle und den Schlüssel verliere?« Er wußte, er würde ihn in dieser Finsternis nie wieder finden. Also steckte er ihn tief in seine Brusttasche und arbeitete weiter.

Tastend überprüfte er die Entfernung zwischen den Flügelspitzen und den Bäumen. Dann bewegte er das Flugzeug etwas mehr, indem er es hin und her schob. Manchmal mußte er vor und hinter den Reifen irgendwelche Hindernisse aus dem Weg räumen. Doch dann konnte er das Flugzeug überhaupt nicht mehr bewegen. Das Heckrad hing an einem Baumstumpf fest. Wieder mußte er Gott um Kraft bitten, um das Heck über den Stumpf zu heben. Mit größter Kraftanstrengung gelang es ihm, das Flugzeug umzudrehen. Nun stimmte die Richtung. Inzwischen waren zwanzig oder dreißig wertvolle Minuten vergangen.

Jetzt zur Landebahn! Hatten sie vielleicht den Weg mit Tonnen versperrt – entwedr die 200 Meter lange Straße oder die Landebahn selbst? Seine anerzogene Vorsicht als Pilot ließ ihn das Risiko nicht eingehen. Er wollte den Motor erst starten, wenn er sicher war, er könnte abfliegen. Immer noch barfuß, prüfte er den Weg zur Landebahn. Wo er auf die Landebahn mündete, entdeckte Paul eine 250-Liter-Tonne. Ohne große Schwierigkeit entfernte er sie. Nachdem er sich vergewissert hatte, daß der Weg frei war, ging er zum Flugzeug zurück. Immer die Angst im Nacken, sich in der Finsternis zu verirren.

Total erschöpft kam er beim Flugzeug an. Noch immer war es zu gefährlich, den Motor anzulassen. Er mußte noch die Treibstofftanks kontrollieren. Jetzt brauchte er den Türschlüssel, um seinen Meßstab zu holen. Einen Augenblick zögerte er – wo war der Schlüssel? Der Schreck hielt nur ein paar Sekunden an, bis er sich daran erinnerte, daß er ihn in die Brusttasche gesteckt hatte. Schnell schloß er die Tür auf und steckte den Schlüssel ins Zündschloß, damit er nicht verlorenginge.

Den Meßstab in der Hand kletterte Paul auf den linken Flügel. Er zog den Stab heraus und roch von oben bis unten daran. Keine Spur von Kraftstoff! Dann tastete er sich zum rechten Flügel. Diesmal roch der Stab in etwa Zweidrittelhöhe nach Benzin. »Aha!« Er hauchte einen glücklichen Seufzer der Erleichterung und Dankbarkeit.

Jetzt galt es, sich schneller zu bewegen. »Ich darf keine Zeit mehr verlieren!« mahnte er sich selbst, während er einstieg und sich anschnallte. Er drehte sich um, um die Tür zuzumachen.

Plötzlich hörte er drei schwere Schritte. Was war das?

Paul kannte die Urwaldgeräusche gut – das fast lautlose Springen eines Rehs, das schwerfällige Laufen eine Tapirs oder das Schleichen eines Fuchses. Jetzt wußte er, es waren Schritte eines Menschen. Das Geräusch kam von der Einmündung des Pfades auf die Landebahn und hörte sich so an, als ob jemand auf den Abfall getreten war, den er bei der Freiräumung des Flugzeugs hinterlassen hatte.

»Sie kommen!« dachte er. »Alles ist aus! Was soll ich tun?« Er wagte kaum zu atmen. Angespannt lauschte er. Aber sonderbar, keine Lampe, kein Licht. Die Schritte verstummten. Paul wußte: mit Gottes Hilfe war er so weit gekommen. Jetzt gab es kein Zurück mehr. »Und wenn sie mich erschießen . . .?« Er hielt inne. »Sollen sie es!« Ohne eine Sekunde Zeit zu verlieren, schloß er die Tür.

Gleichzeitig schob er den Hebel für die Gas-Luft-Gemisch-Regelung vor. Er zog am Hauptschalter, drehte den

Zündschlüssel und ließ den Motor an. Zu seiner Freude sprang er gleich an. Laut heulte er durch die Nacht, lauter, als es bei der Cessna 185 üblich ist. Kein Zweifel! Nun hatte ihn jeder gehört! Er schaltete die Scheinwerfer an und drückte den Schalter weiter durch, um die Landescheinwerfer ebenfalls aufleuchten zu lassen. Aber die Birne war durchgebrannt. Mit nur einem Scheinwerfer versuchte Paul, sich zu orientieren. Er konnte jedoch absolut nichts erkennen. Durch seinen schwitzenden Körper hatten sich die Scheiben beschlagen!

In der Hoffnung, mehr Sicht zu erhalten, öffnete er die Seitenfenster. Er griff nach dem Handtuch unter dem Sitz und wischte schnell die Fenster innen und außen ab. Die geheimnisvollen Schritte hatten ihn zur Eile angespornt. Wenn es ein Guerilla gewesen war, warum kam er nicht näher? Hatte Gott ihn gelähmt oder war es am Ende ein Engel, der ihm zu Hilfe eilen wollte? Er war sich nicht sicher, ob Engel solche Geräusche verursachen.

Sobald der Scheinwerfer den Weg ausleuchtete, erkannte Paul, daß er mit seinem Handtuch nicht allzuviel an den Scheiben ausrichtete. Er konnte immer noch nichts sehen. Bodennebel hüllte alles ein, sogar die Äste am Rande der Straße. Vorsichtig ließ er das Flugzeug anrollen. Es war ihm natürlich klar, daß die Guerillas am anderen Ende der Straße ihn hören konnten. Auf halbem Weg rutschten die Räder seitwärts in die Spuren, so daß die Tragfläche einigen Bäumen gefährlich nahe kam.

Paul erschrak. »Der Flügel – er wird an den Bäumen nicht vorbeikommen! Sollte ich nicht besser aussteigen und schieben? Aber was nützt es? Allein schaffe ich es nicht, das Flugzeug aus den Spuren zu schieben.«

Dann drückte er fest auf das linke Steuerpedal und gab Gas. Das Flugzeug reagierte prompt, befreite sich überraschend schnell aus den Spuren, während die Spitze des Flügels an den Bäumen vorbeikratzte. »Danke, Herr!«

An der Einmündung zur Landebahn verdichtete sich der Nebel. Er reichte bis zum Boden. »Herr, warum? Du hast mir bis hierher geholfen! Sollte ich wegen schlechter Sicht jetzt nicht starten können?«

»Nun flieg schon, Paul!« schien Gott zu sagen.

»Aber ich kann doch nicht, Herr! Ich sehe nichts!«

Mit Sicherheit waren inzwischen die Guerillas von dem Motorenlärm aufgewacht. Zumal sowieso fast Weckzeit war.

»Gut, Herr«, erwiderte Paul. Seinen Höhenmesser auf Null eingestellt, ließ er die Klappen für den Start ausfahren. Dann öffnete er die Tür, um besser sehen zu können. Das Licht des Scheinwerfers blendete ihn – weniger jedoch als durch die Windschutzscheibe. Mit der Schulter hielt er die Tür offen und rollte langsam weiter vorwärts. Mit Schrecken sah er Büsche und Zweige auf sich zukommen.

»Mensch, das ist nicht die Landebahn!« schrie er, drehte nach links ab und rollte weiter. Nun entdeckte er Unkraut, das vermutlich am Rande der Landebahn wuchs.

»Ja, das ist sie, die Landebahn!« rief er verhalten aus und rollte weiter, um ganz sicherzugehen, daß der Rand der Piste gleich blieb. Beruhigt gab er Gas.

Der Motor donnerte auf Hochtouren, bereit zum Start. Paul hing aus der Tür, den Scheinwerfer auf das Unkraut am Rand der Piste gerichtet. Die Reifen warfen Schlamm und Wasser auf. Der Propeller schleuderte ihm alles in die Augen und ins Gesicht. Aber was machte das schon! Jetzt hob der große Vogel von der Erde ab. Paul lehnte hinaus, bis das Flugzeug ganz in der Luft war. Dann erst schloß er die Tür.

Paul warf einen Blick auf den Kompaß. Er behielt diesen und den Höhenmesser im Auge und rief den Höhenstand aus, während er an Höhe gewann. »30 Meter . . . 60 Meter . . . 90 Meter . . . Endlich . . .« Was für eine Erleichterung! Jetzt wußte er, daß er über den Baumwipfeln hinwegfliegen konnte.

Freiheit! Welch ein wunderbares Gefühl! Gott hatte sich wirklich als Gott des Unmöglichen bewiesen. – Fast gewann Paul den Eindruck, Gott hätte zusätzliche Hindernisse zugelassen, um die Befreiung besonders unmöglich zu machen. Paul empfand tiefe Dankbarkeit.

8. In den Wolken

Ein Gedanke ließ Paul nicht los: Würden die Guerillas in den Häusern oder am anderen Ende der Landebahn versuchen, ihn abzuschießen? Sie konnten das Brummen des Flugzeugmotors wohl kaum überhören, während er beim Start über sie hinwegbrauste. Warum schossen sie nicht? Vielleicht hatten sie das Licht seiner Scheinwerfer gesehen, aber bei diesem Nebel würde jedes Licht, das auf die kleine Cessna gerichtet wurde, nur zurückstrahlen. Gott hatte an alles gedacht. Aus tiefstem Herzen dankte Paul ihm für den Regen und den Bodennebel – natürlich auch, daß er den Ohren und Augen der Wächter verborgen blieb.

Nun galt es, Hindernisse in der Luft zu überwinden. Über den herrschenden Luftdruck standen ihm keinerlei Informationen zur Verfügung. Deshalb hatte er schon vor dem Start den Höhenmesser auf Null eingestellt. Damit wußte er wenigstens, wie hoch er über dem Boden flog. Schnell erreichte er eine Höhe von 600 Metern.

Er versuchte, seinen Hauptkompaß abzulesen, konnte ihn jedoch nicht einmal sehen. Normalerweise sollte ein kleines Licht daran sein, aber er hatte es bisher noch nicht gebraucht, da Nachtflüge über dem Urwald verboten waren.

»Wenn ich nur wüßte, wo ich hinfliege«, fragte er sich.

Je weiter er sich von seinen Geiselnehmern entfernte, desto mehr dankte er Gott für seine neu gewonnene Freiheit. Dann rätselte er, wie er den Kompaß beleuchten könnte. Er spielte mit der Deckenlampe herum, bis er sie schließlich von der Decke losgerissen und auf den Hauptkompaß gerichtet hatte. Danach stellte er seinen Peilkompaß ein und flog in nördlicher Richtung. Der linke Tankanzeiger stand auf »leer«, der andere zeigte eine Vierteltankfüllung an.

»Herr, ich weiß nicht, wie weit ich damit komme, aber bringe mich so weit wie möglich«, betete Paul.

Er stieg weiter empor, bis er bei 900 Metern den Bodennebel und die Wolkendecke durchbrach, die über dem Urwaldboden lagen. Er schaltete die Scheinwerfer aus, mußte aber feststellen, daß noch eine Wolkendecke über ihm lag. In der Finsternis, die ihn umgab, konnte er nichts erkennen. Kein einziger Stern war zu sehen.

Zum erstenmal, seitdem er das Lager verlassen hatte, fragte sich Paul, wie spät es wohl sein könnte. Ohne Batterie war seine Armbanduhr freilich immer noch nutzlos. Aber die Uhr am Instrumentenbrett funktionierte noch. Sie zeigte 6.58 Uhr an.

»Eigentlich müßte die Sonne schon scheinen«, dachte er, »aber es ist furchtbar dunkel!«

»Natürlich, das ist Normalzeit!« fiel ihm ein. »Für Ortszeit muß ich fünf Stunden abziehen. Das heißt, es ist 1.58 Uhr anstatt 6.58 Uhr? Das kann doch nicht sein!«

Aber er wußte, es mußte stimmen. Schätzungsweise befand er sich schon seit acht Minuten in der Luft. Das hieße, daß er um 1.50 Uhr abgeflogen war. Bei einem Kraftstoffvorrat für höchstens anderthalb Stunden müßte er spätestens bis 3.20 Uhr landen.

»Diesen Flug will ich genießen«, sagte er sich. »Ich muß versuchen, über die Wolken zu kommen.«

Plötzlich, bei 2600 Metern, durchbrach er die Wolkendecke und flog in die sternklare Nacht hinein. Was für ein herrlicher Anblick! Überall am Himmel funkelten Sterne. In der Ferne leuchtete eine schmale, helle Mondsichel. »Herr, wie groß und mächtig bist du, wie unendlich mächtig!« Worte warten zu wenig, um auszudrücken, was er empfand.

Jetzt hatte Paul Zeit, über das Unglaubliche nachzudenken und Rückschau zu halten. Eigentlich gehörte der Mut, den er beim Fluchtversuch aufgebracht hatte, nicht zu seinem normalen Wesen. Er sprach darüber mit seinem

Schöpfer, der ihm dort unter den Sternen so nahe schien. »Danke, Herr, daß du mich in eine Situation gebracht hast, wo mir nichts übrigblieb, als dir ganz zu vertrauen. Wieder einmal hast du mir deine Macht gezeigt.«

Paul dachte noch einmal an 1. Petrus 4,19, den Vers, der ihn vor zwei Tagen so angesprochen hatte: »Darum sollen die, die nach dem Willen Gottes leiden, ihm als dem treuen Schöpfer ihr Leben anvertrauen und Gutes tun.«

Kein irdisches Problem schien ihn jetzt mehr gefangenzuhalten, nicht einmal die Sorge, wie er im Dunkeln landen sollte. Er fühlte sich sicher und geborgen in den Händen seines treuen Gottes, des Schöpfers dieses herrlichen Universums, der Sterne und des Mondes.

Paul staunte neu über seinen Mut, unter dem Moskitonetz hervorgekrochen und sich im Dunkeln auf den Weg gemacht zu haben. Er spürte, daß er in einer ganz neuen Art und Weise »den ersten Schritt ins Wasser« gewagt hatte wie das Volk Israel. Wer aber verlieh ihm diese Zuversicht, die er noch nie so erlebt hatte? Deutlich erkannte er die Zusammenhänge: durch die bangen Stunden der Gefangenschaft war in ihm ein neues Bild von Gott aus seinem Wort entstanden – eine Erinnerung daran, wer er ist und immer sein wird.

»Das ist es, ja, genau das!«, sagte er laut. »Gott lebt in mir und damit die Fülle seiner Macht. Er ändert sich nicht. Warum sollte ich im Vertrauen auf ihn nicht die Flucht gewagt haben?«

Für jede Einzelheit dankte er Gott – sogar dafür, daß niemand geschnarcht hatte, obwohl dadurch manches leichter gewesen wäre. »Ich finde es toll, Herr«, sagte er, »daß du mir das Vorrecht gegeben hast, einfach aus dem Glauben zu leben und deinem Wort zu vertrauen, Schritte im Glauben zu wagen. Danke, Herr, daß du mich gerade in diesem Augenblick an das Volk Israel erinnert hast. Sie überquerten trockenen Fußes den Jordan, und ich wagte es, unter dem Moskitonetz hervorzukriechen und loszugehen. Sonst wäre ich wohl immer noch da.« Dieser Gedanke ließ ihn erschaudern.

Es hatte nur eine Fluchtmöglichkeit gegeben, nur einen Weg nach vorn. Aber seine eigene Haut zu retten, war nicht Pauls einzige Motivation zu diesem Abenteuer gewesen. Er besaß wichtige Informationen, die er den Leuten im Hauptquartier übermitteln mußte. Die ganze Zeit über sorgte er sich um Tim, Bunny und Steve. Zu gern wollte er glauben, daß sie frei wären, befürchtete jedoch, daß es auch anders sein könnte. Vielleicht half sein Wissen über die Guerillas, ihre Freiheit zu erreichen.

Das beständige Brummen des Motors erfüllte ihn mit einem Gefühl unendlicher Dankbarkeit. Gott hatte ihm geholfen, das Flugzeug für die Arbeit der Missionare im Dienst an den Indianern herauszubekommen. Paul spürte, wie er mehr und mehr Vertrauen zu Gottes wunderbarer Führung erhielt. Es ging nicht nur um sein Leben, sondern es gehörte zu Gottes Plan und Willen, Paul mit dem Flugzeug aus dem Urwald herauszuholen. Es ging um die Verherrlichung Gottes.

Normalerweise hätte Paul sich in einer solchen Situation wie dieser Gedanken gemacht, wie der Flug enden würde; nun aber stellte er mit Überraschung fest, daß er jeden Augenblick des Flugs genoß. »Es ist ein großartiges Gefühl«, dachte er, »einfach zu wissen, daß Gott alles zum guten Ende führen wird, obwohl die Umstände ungünstig oder sogar unmöglich sind.«

Er wußte, daß er jetzt tiefer fliegen müßte, unter den Wolken, um sich über einer bestimmten Stadt zu orientieren. Diese Stadt hatte eine Landebahn, war jedoch als Tummelplatz für Guerillas und Kokainpflanzer bekannt. Auf keinen Fall durfte er dort landen! Er zog zwei oder drei mögliche Landebahnen in Erwägung, wenn er die allgemeine Richtung nach Lomalinda einschlug. Jetzt war er für den zusätzlichen Kraftstoff dankbar, den er in La Laguna an Bord genommen und für den Abwurf nicht gebraucht hatte. Gott hatte gewußt, daß er ihn heute morgen brauchen würde.

Paul verließ die faszinierende Schönheit der Sternenwelt und drang durch die Wolkendecke hinunter in die

Dunkelheit. Er hoffte, die Lichter der Stadt zu sehen, die ihm helfen würden, sie zu identifizieren. Nach der Fluguhr befand er sich bereits dreißig Minuten in der Luft. Er flog hinunter bis zu einer Höhe von 1370 Metern, wobei er die bisher eingeschlagene Richtung genau einhielt. Wenn der Wind ihn nicht vom Kurs abgetrieben hatte, müßte jetzt die Stadt irgendwo unter ihm liegen.

Tatsächlich, da war ein kleines Licht weit unten in der Dunkelheit, dann noch eins. Er schaute durch eine Lücke in den Wolken direkt nach unten und konnte die Lichter der Stadt und gleichzeitig die vertraute Flußbiegung erkennen, die ihm als Wegweisung diente.

»Da ist sie!« rief er aus. »Danke, Herr, daß du die Wolken für mich geöffnet hast!« Paul änderte den Kurs und sah von nun an nichts als endlose Finsternis. Er konnte es sich nicht leisten, wieder zu den Sternen emporzusteigen, so gern er es auch täte. Seine Benzinreserven reichten gerade noch für eine Stunde.

Er überprüfte den Navigationsfunk und registrierte beglückt, daß das Funkfeuer von Villavicencio funktionierte. Wenn er den Kurs auf 315 Grad einhielt, würde er genau über Lomalinda fliegen. Von dort müßte er auch die Lichter einer anderen Stadt erkennen können. Wo aber würde er ein geeignetes Feld zur Landung finden?

In Gedanken an eine verfrühte Landung holte er den Werkzeugkasten unter dem Sitz hervor. »Bei einer solchen Landung kann alles passieren«, sagte er sich, »und ich will nicht, daß mir dieses schwere Ding gegen die Beine knallt.«

Nach einer Weile mußte er sich über Lomalinda befinden. Aber zu seiner Enttäuschung konnte er außer gähnender Finsternis nichts erkennen. Zwar sah er weit entfernt die Lichter einer anderen Stadt, aber der Kraftstoffanzeiger machte ihm deutlich, daß er sie nicht mehr erreichen könnte. Beide Anzeiger standen inzwischen auf »leer«. Vergeblich wartete er darauf, die Lichter Lomalindas und den Fluß auf der linken Seite der Stadt zu sehen.

»Ich muß diese Kiste aufsetzen, bevor der Kraftstoff endgültig ausgeht«, sagte sich Paul, denn er wußte, daß er weniger Kontrolle über das Flugzeug und eine geringere Auswahl an Landeplätzen hätte, wenn der Motor ausging. Er schob den Steuerknüppel nach vorn und begann den Sinkflug. Bei 760 Metern schaltete er die Scheinwerfer an. Als er sich auf 600 Meter Höhe befand, hüllte ihn dichter Nebel ein.

»Also, in diesem Zeug kann ich nicht landen!« Er versuchte, die dichte Wolkenschicht zu durchbrechen. Paul flog weiter, den Scheinwerfer auf die Oberseite der Wolkenschicht gerichtet. Er warf einen Blick auf die Kraftstoffanzeiger. Immer noch leer! »Sinnlos, mich nach ihnen zu richten!« platzte er heraus. Auf der linken Seite drangen schwache Lichter eines kleinen Dorfes durch die Wolkenschicht. Er steuerte in diese Richtung, konnte jedoch keine Landebahn erkennen. Tief hingen die Wolken direkt über den Häusern und Bäumen des Dorfes. »Nein, hier darf ich keine Landung riskieren«, dachte er. »Ich könnte ein Haus streifen oder sogar jemanden töten.«

Er drehte das Flugzeug, zog den Steuerknüppel zurück und stieg erneut in die Finsternis oberhalb der Wolkenschicht. Er nahm wieder seinen früheren Kurs ein. Innerhalb weniger Augenblicke sah er, wie sich die Wolkenschicht lichtete. Der Geruch von verbranntem Gras, Savanna, drang in seine Nase.

»Aha! Verbrannte Savanna!« Wie liebte er den vertrauten Geruch! Von jeher verbrannten Viehzüchter das alte Gras, damit neues, saftiges für das Vieh wachsen konnte. Für Paul bedeutete dieser Geruch flaches Land. Endlich eine Möglichkeit zum Landen!

Im Licht der Scheinwerfer konnte er die Bodenbeschaffenheit erkennen, Gestrüpp und hohe Termitenhügel. Sehr schön, aber alles andere, als zum Landen geeignet! Teilweise stand das Gestrüpp anderthalb Meter hoch. Außerhalb des Lichtkegels breitete sich die Finsternis aus wie eine schwarze, drohende Wand. Plötzlich kamen einige Bäume in Sicht. Instinktiv zog er den Steuerknüppel fest zurück. Das Flugzeug reagierte prompt und hob sich über die Bäume. Wieder ließ er es etwas tiefer gleiten, flog dicht über dem Gestrüpp und suchte verzweifelt einen Landeplatz.

Da, wieder Bäume! Er riß die Maschine hoch und flog darüber. Das Flugzeug war jetzt leicht, ohne Fracht und Kraftstoff, und reagierte sofort.

Einen Augenblick wunderte sich Paul über seine Ruhe und Gelassenheit. Normalerweise hätte er geschwitzt, der Hals wäre ihm zugeschnürt vor Angst. Statt dessen erfüllte ihn eine ungewöhnliche Zuversicht, daß Gott alles wohl machen würde. »Unglaublich!« dachte er, »was für einen Frieden und eine Ruhe Gott geben kann und große Freude als zusätzliches Geschenk!«

Jetzt flog die kleine Cessna über einer baumlosen Strecke, die zum Landen lang genug zu sein schien. Paul flog eine Kurve und drehte um 180 Grad, um zu landen. Er hatte aber schon so sehr an Höhe verloren, daß er darauf achten mußte, was sein Scheinwerfer ausleuchtete. Gleichzeitig galt es, die Instrumente im Auge zu behalten, damit er nicht vorzeitig den Boden streifte. Paul mußte sich auf so vieles konzentrieren.

Plötzlich verlor er den Landeplatz aus den Augen. Die Bäume kamen gefährlich nahe. Geschickt überflog er sie und gewann wieder an Höhe. Überall entdeckte er kleine Baumgruppen unter sich. Aber jetzt verriet ihm sein Scheinwerfer, daß die Baumgruppen einen sicheren Abstand voneinander hatten. Gleichzeitig entdeckte er einen Zaun. »Das müßte Weideland sein«, schloß er. »Ein optimaler Platz zur Landung!«

Sofort zog er den Gashebel zurück, ließ die Landeklappen voll ausfahren und flog langsam über den Waldrand hinunter. Den Zaun als Richtlinie, setzte er das Flugzeug so schnell wie möglich auf den Boden auf, bremste hart und brachte die Maschine zum Stehen. Dann schaltete er den Motor ab.

»Danke, Herr!« sagte er von ganzem Herzen. Er wußte nicht, wo er sich befand, aber er hatte sicheren Boden unter den Füßen, irgendwo, weit weg vom Guerillagebiet.

9. Maßarbeit Gottes

Die kleine Cessna war auf einer Wiese gelandet, fünfundvierzig Meter entfernt von einem Sumpfgebiet mit Palmen. Sobald Paul den Scheinwerfer und den Motor abschaltete, umgab ihn wieder die Nacht. Sein erster Gedanke galt dem Flugzeug. Ob er es in irgendeiner Weise beschädigt hatte, als er mitten in der Dunkelheit zwischen Nebelschwaden gelandet war? Wenigstens hatte er keinen Schlag oder einen verdächtigen Knall gehört. Vorsichtig öffnete er die Tür und stieg aus.

Er tastete im Dunkeln die Vorderseite des Flügels ab und kontrollierte alles bis zur Flügelspitze. Dann ging er zurück und betastete die »Schwanzfeder« bis zur Spitze des anderen Flügels, die Vorderseite des Flügels und den Propeller. Alles schien in Ordnung. Und wie immer bedankte er sich bei seinem Vater im Himmel.

Er kletterte wieder in die Kabine und schaute auf die Uhr am Instrumentenbrett: 3.23 Uhr. Zeit bis zur Morgendämmerung, um sich ein wenig auszuruhen. Er kroch auf den Rücksitz und machte es sich bequem.

Die Moskitos kamen ihm jedoch zuvor, so mußte er wieder aufstehen und Tür und Fenster schließen. Nächster Versuch, sich etwas Ruhe zu gönnen.

Seine nasse, schlammige Hose und die durchtränkten Socken begannen, unangenehm zu werden. Er stand wieder auf, um Schuhe und Socken auszuziehen, und versuchte, den Schlamm abzukratzen. Es war ein gutes Gefühl, im Flugzeug zu sitzen und auf die Morgendämmerung zu warten, anstatt auf vier Brettern im Guerillalager zu liegen! Erst langsam verstand er, daß er frei war. Viel zu aufgeregt von den Geschehnissen der letzten Stunden, um schlafen zu können, entschloß er sich, einige Zeit im Gebet zu verbringen.

Er dachte an Steve, Tim und Bunny. Befanden sie sich auch in Freiheit? Und wenn ja, wer war in den Urwald geflogen, um sie herauszuholen? Seine Gedanken wanderten nach Morichal zu den Indianern. Wie mag es ihnen wohl ergangen sein, nachdem die Guerillas das Dorf besetzt hatten? Während Paul mit Gott darüber sprach, dankte er ihm noch einmal für die wunderbare Befreiung aus dem Guerillalager, ohne daß jemand verletzt oder getötet worden war. So brauchte man mit Vergeltungsmaßnahmen gegen die Mission nicht zu rechnen. Trotzdem wußte er, die Guerillas könnten sich rächen, weil er sie blamiert hatte. »Herr«, betete er, »ich bin zuversichtlich, daß du weiter für mich und uns alle sorgen wirst.«

Sobald es hell wurde, stieg Paul aus dem Flugzeug, um festzustellen, wo er sich befand. Bald erkannte er, daß seine Landung ein Wunder war. Direkt auf der anderen Seite des Zauns, den er als Richtlinie genommen hatte, entdeckte er ungefähr 250 Rinder, die alle im Nebel schliefen.

»Oh, Herr!« staunte er, »du wußtest, ich hätte dort nicht landen können!« Und wie sah es auf der anderen Seite des Flugzeugs aus? Parallel zum Zaun verlief ein zweiter Zaun, daneben ein Bach, einige Bäume und Ameisenhügel. Mit Sicherheit hätte er dort nicht landen können! Gott hatte ihn auf der ebenen Weide landen lassen, auf der richtigen Seite des Zaunes, mit Bäumen auf der einen und einem Sumpf mit Palmen auf der anderen Seite. Wieder staunte er über Gottes Führung: »Das ist Maßarbeit, Herr! So arbeitest du, Gott!«

Kurz vor der für jeden Tag verabredeten Funkzeit bemerkte Paul einen Mann, der mit einem Pferd auf ihn zuritt. Je näher er kam, desto langsamer ritt er. Zweifellos befürchtete er, daß das Flugzeug Rauschgifthändlern gehören könnte. Als Paul sein Zögern erkannte, ging er auf ihn zu und machte Zeichen, daß er kommen sollte: »Por favor, bitte.«

Als der Mann nähertrat, erzählte ihm Paul kurz, daß er den Guerillas entflohen war und nun keinen Kraftstoff mehr besaß. Der Mann glaubte ihm und zeigte Verständnis. Paul erfuhr, wo sich die nächste Stadt befand.

»Komm mit zu meiner Ranch zum Frühstück«, lud der Fremde ihn ein. Paul lehnte die Einladung ab, da er möglichst bald funken wollte. »Nun gut, ich verstehe«, meinte der Mann. »Ich muß jetzt gehen und weiterarbeiten. Aber ich komme später zurück, falls zu Hilfe brauchst.«

Endlich 6.30 Uhr! Die normale Funkzeit für die Mission. Bewegt versuchte Paul, mit Mary Cain Verbindung aufzunehmen. Aber der Empfang war schlecht. Schließlich halfen drei oder vier Funkstationen, die die Frequenz abhörten, die Botschaft an Mary Cain und Macon Hare weiterzuleiten.

Erst dann konnte Paul klarmachen, daß er entflohen war, keinen Kraftstoff mehr hatte und außer dem Namen der nächsten Stadt nichts genaues wußte. Er fragte, ob sie die Leute in Lomalinda bitten würden, ihm ein paar Liter Kraftstoff zu bringen. Paul checkte wieder beide Tanks mit dem Meßstab, um doppelt sicherzugehen, aber sie waren knochentrocken.

Sobald die Funkverbindung besser war, fragte Paul Mary, ob sie etwas von Steve, Tim und Bunny gehört hätte.

»Nein, nichts. Kein Lebenszeichen seit dem Tag, an dem du weggeflogen bist«, antwortete sie besorgt.

Wieder wollten Sorge und Mutlosigkeit sich seiner bemächtigen, aber Gott mahnte ihn: Paul, war ich es nicht, der dich herausgeholt hat?

»Ja, Herr, du hast mich herausgeholt«, stammelte er. »Und ich weiß, du kannst auch sie aus dieser Hölle führen!«

Wenn Paul nur hätte sehen können, was an diesem Morgen am anderen Ende seiner Funkverbindung los war! Etwa zwanzig Leute drängten sich im Haus von Cains Eltern und horchten auf jedes Wort, das sie von Paul über Funk hörten. Pat wurde benachrichtigt. Barfuß eilte sie herbei, überquerte die Landebahn und das Fußballfeld, so schnell sie konnte. »Mensch, du hattest aber eine Geschwindigkeit drauf – hättest jeden von uns überholt!« erklärte ein junger Mann ihr lächelnd nach Beendigung der Funkverbindung.

Pat war fassungslos. Sie sank auf einen Stuhl und zitterte vor Erregung. Dann begleitete Oma Poulsen sie nach Hause. »Ach, Pat«, begann die ältere Missionarin, »wie habe ich in jener Nacht gebetet, als Gott Paul befreite. Eine

Zeitlang meinte ich, daß Gott mich aufhören ließ, für die anderen Geiseln zu beten, um mein Gebet ganz auf Paul zu konzentrieren. Ich denke, es war etwa um Mitternacht. Ich sah, ja, wirklich, ich sah, wie er versuchte zu fliehen. Er schien zu schwimmen.«

»Unsinn, Oma«, sagte Pat, die für sentimentale Äußerungen nicht viel übrig hatte, »wie konntest du beim Beten so etwas sehen!«

»Pat, meine Liebe, glaube mir, ich habe nicht geträumt. Ich saß aufrecht in meinem Bett und betete. Da schien Gott mir zu zeigen, daß Paul gerade in diesem Augenblick meine Gebetsunterstützung dringend brauchte. Also betete ich weiter, bis Gott mir Frieden gab.« Es fiel ihr schwer zu erklären, wie sie im Gebet für Paul gekämpft hatte, obwohl Gott ihr schon vorher die Gewißheit gegeben hatte, daß er zurückkommen würde.

Sowohl JAARS als auch TAC haben Notsender und Richtungsfinder in ihren Flugzeugen, die es ermöglichten, innerhalb eines bestimmten Umkreises das Flugzeug zu orten, wenn es sich auf dem Boden befand. Paul schaltete den Sender ein und wartete ab. Es dauerte nicht lange, bis er das Brummen eines Flugzeugs und dann eines zweiten vernahm.

Paul sprang aus der Cessna, begeistert, zwei JAARS-Helios auf ihn zufliegen zu sehen. Sobald er sicher war, daß sie ihn entdeckt hatten, lief er zum Flugzeug zurück, drehte den Sender ab und schaltete sein Funkgerät auf die JAARS-Frequenz ein. Er hörte, wie der Pilot Al Meehan sagte: »Alles okay, ich habe dich gesehen.« Dann fragte Al: »Kann man dort sicher landen?«

»Ja, es geht prima! Warte, ich schreite dir eine Piste ab. Dann lege ich ein Handtuch hin, so daß du weißt, wo du landen mußt.«

»Bist du sicher, daß du es schaffst?«

»Warum fragst du das?« erkundigte sich Paul.

»Nun, wir haben gehört, daß du angeschossen wurdest.«

»Ich? Nein, negativo. Mir geht es gut!«

»Nun, preis den Herrn!« antwortete Al beruhigt.

Paul lief auf die Bäume zu, über die er im Dunkeln geflogen war. Er suchte das Grasland nach Ameisenhügeln und Löchern ab. Dann legte er sein Handtuch aus und ging zur Cessna zurück. Bald waren beide Flugzeuge sicher gelandet und neben seinem abgestellt. Al hatte ein zweites Flugzeug mit einem Arzt, einer Bahre und einem dritten Piloten mitgebracht, da man der Ansicht war, Paul müsse auf einer Bahre ausgeflogen werden.

Nachdem alle aus den Flugzeugen ausgestiegen waren, trafen sie sich auf halbem Wege. Wie einen längst verschollenen, geliebten Bruder begrüßten sie Paul und umarmten sich. Nie empfand Paul so tief, was Liebe unter Christen und Freiheit bedeuteten. Als nächstes stellten sie sich zusammen, während Al betete und Gott für Pauls wunderbare Befreiung von den Guerillas dankte.

Schnell füllten sie siebzig Liter Kraftstoff in die Flügeltanks der Cessna und starteten nach Lomalinda. Der Nebel lichtete sich schon, aber die Helios zogen es vor, darüber zu fliegen. Nur Paul blieb darunter und betrachtete das Gelände, das er nachts bei der Suche nach einem Landeplatz überflogen hatte. Größtenteils war es uneben und schwierig für eine Notlandung im Dunkeln. Gottes Allmacht und präzise Maßarbeit beeindruckten ihn erneut.

Im Lomalinda wurde Paul von einer Schar von Freunden begrüßt, die jetzt überglücklich die Antwort auf ihre Gebete erlebten. Vielen hatte Gott gerade um Mitternacht eine Last aufs Herz gelegt, für Paul zu beten. Kein Wunder, daß sie ihn mit ihrer Begrüßung fast überwältigten! Mit kurzen Worten erzählte er ihnen seine Geschichte, denn es drängte ihn nach Hause.

Bevor er sich verabschiedete, überhäufte man ihn mit kleinen Geschenken. Einer schenkte ihm ein T-Shirt, ein anderer ein paar Strümpfe und manches mehr. Als er zur finca abflog, fühlte er sich schon nahezu zivilisiert.

Alle Leute im Missionshauptquartier warteten sehnlichst auf Pauls Ankunft. Freudentränen standen ihm in den Augen beim Anblick der vielen Freunde. Seine Augen waren so mit Tränen gefüllt, daß er kaum noch sehen konnte, wo er landete. So viel Liebe, so viel Freiheit!

»Du bist zuerst dran, Pat!« rief einer seiner Frau zu. »Nein, sind wir in diesem Augenblick nicht alle gleich wichtig?«

Paul aber lief schnurstracks auf Pat und seinen Sohn Luke zu. Tränen der Freude liefen über ihre Wangen, als sie sich in den Armen lagen. Dann wandte sich Paul den anderen zu und begrüßte jeden aufs herzlichste. Während er die Runde machte und sich umarmen ließ, sah er Steves vier Kinder vor sich stehen. Einen Augenblick stockte er, dann packte er alle vier auf einmal und drückte sie fest an sich. »Hört, Kinder, wir beten weiter für euren Papa! Gott wird ihn befreien. Wir müssen ihm nur vertrauen.« Ähnlich machte er es bei den beiden Cains-Töchtern.

Am Nachmittag trafen sich alle im Schulgebäude und lauschten gebannt zweieinhalb Stunden lang Pauls unglaublicher Geschichte. Er sprach mit Tränen in den Augen. Anschaulich erzählte er mit geschlossenen Augen, wie er die Flügel des Flugzeugs freigeräumt hatte und blind im Dunkeln getappt war. Dabei machte er Armbewegungen wie beim Brustschwimmen. Pat Dye erinnerte sich an Oma Poulsens Worte: »Er sah bei seiner Flucht aus, als ob er schwamm.« Leise stand Pat von ihrem Platz auf, stellte sich neben Oma Poulsen und flüsterte ihr zu: »Ach, Oma, vergib mir bitte, daß ich Zweifel äußerte, als du mir von Pauls Befreiung erzähltest! Jetzt glaube ich wirklich, daß Gott dir im Gebet zeigte, was geschehen würde.«

10. Frieden mitten in der Spannung

Nach Bunnys Kalender war der 10. Oktober – Kimberley Estelles Geburtstag. Steve dachte wieder ans Puppenhaus seiner Tochter. Warum hatte er bloß nicht früher daran gearbeitet? Er konnte nur beten, daß Gott Kimberley helfen würde, nicht allzu traurig zu sein. Wie Gott sein Gebet beantworten und ihr zur Zeit der Not helfen würde, konnte Steve nicht ahnen.

Viele Leute sorgten dafür, daß Kimberley einen fröhlichen Geburtstag verlebte, sogar mit einem Puppenhaus. Aber das Entscheidende fehlte: ihr Papa! Gott hatte ihr Gebet noch nicht erhört und ihren Papa zurückgebracht. Den ganzen Tag über war sie tapfer, aber abends in ihrem Bett begann sie, bitterlich zu weinen. Ihr elfjähriger Bruder Jason nahm sie in den Arm.

»Weine nicht, Kimberley. Wir müssen tapfer sein. Weißt du, manchmal läßt Gott uns ganz traurige Dinge erleben, damit wir mehr beten. Wir wollen ihm vertrauen!«

In Morichal wunderten sich Steve und die Cains über die Unruhe, die an diesem Vormittag herrschte. Ein Boot brachte drei neue Guerillas, unter ihnen eine Guerillakämpferin, die ihnen schon bekannt war. Die Neuen sprachen eine Zeitlang mit den anderen im Dorf, bevor sie sich Cains Haus näherten.

»Packt einen Koffer mit frischen Kleidern und holt euch eine Hängematte und eine Decke«, befahlen sie. »Wir fahren flußabwärts.«

Die Missionare waren total überrascht. Was hatte das zu bedeuten? Sie wußten, solange sie sich in der Nähe der Puinave aufhielten, würde man sie gut behandeln. Wenn sie aber das Dorf verließen, konnte das für sie nur eins bedeuten: man wollte sie töten! Der Forderung nach einem Lösegeld würde die Mission ohnehin nicht nachkommen. Oder war das Ganze eine Verzögerungstaktik?

Steve meldete sich zu Wort. »Meine Tochter hat heute Geburtstag. Es täte mir sehr leid, wenn sie erfährt, daß ihr Papa gerade an ihrem Geburtstag umgebracht wurde!«

Bunny, die ihre anfängliche Ängstlichkeit längst überwunden hatte, pflichtete ihm bei: »Ihr meint wohl, wenn ihr uns aus dem Blickfeld der Puinave nehmt, steht euch nichts mehr im Weg, zu tun und zu lassen mit uns, was euch gefällt!«

Der Guerillachef regte sich furchtbar auf und ging hinaus, um mit den anderen zu reden. Währenddessen beteten die drei im Haus zusammen: »Herr, laß es nicht heute sein!« Steve versuchte nicht, Gott zu erinnern, daß Kimberly Geburtstag hatte. Auch Bunny und Tim argumentierten nicht mit Gott. Ihr Gebet lautete einfach: »Bitte, Herr, gib, daß sie uns nicht gerade heute von hier entführen!«

Als den Puinave bekannt wurde, daß die Terroristen die Missionare an einen anderen Ort bringen wollten, wandten sie sich entrüstet an die Guerillas.

»Wir sagen euch noch einmal: Laßt die Missionare in Ruhe! Diese Leute haben uns nur Gutes getan. Sie sind überhaupt die einzigen, die uns je Gutes erwiesen haben!« Wie oft hatten sie das schon den Guerillas gegenüber beteuert! Nun versuchte Alberto noch einmal, für seine Freunde einzustehen. Er sprach mit der Autorität eines Dorfchefs: »Diese Leute habe ich hierher eingeladen. Ich bin für sie verantwortlich. Und ich bestimme, wann sie gehen!«

Der Guerillaführer versuchte, ihn zu beruhigen. »Mach dir keine Sorgen. Es wird ihnen nichts passieren. Es geht nur um einige Ermittlungen. Glaub mir, alles geht in Ordnung.«

Die Fürsorge, die ihnen die ruhigen, zurückhaltenden Indianer entgegenbrachten, überwältigte Tim und Bunny. Die ganzen Jahre hindurch versuchten sie zu ergründen, was in diesen Menschen vor sich ging. Zweifellos hatte die Ausbeutung des Landes durch Gummiarbeiter und Händler die Puinave dazu gebracht, ihre Gefühle zu unterdrücken.

Tim bemühte sich, sie im biblischen Unterricht aus ihrer Reserve zu locken. Es war ihm auch wichtig zu wissen, wie sein Unterricht bei ihnen ankam. Immer häufiger meldeten sie sich während oder nach den Versammlungen zu Wort. Sie zeigten sich erstaunt über Gottes Macht und die Treue seines Handelns an seinem Volk – sein Haß gegen die Sünde, aber seine Liebe zu den Menschen. Sie wußten nichts von der List Satans, mit der er die Menschen von Gott zu trennen versucht. Warum das Volk Israel sich seinem Gott, der es geschaffen hatte und dem sie gehörten, so wenig zuwandte, konnten sie kaum verstehen. Jetzt aber erkannten sie, wie verzerrt ihr eigenes Gottesbild war und wie sehr sie an diese falschen Vorstellungen gebunden waren.

Alberto bekannte sich schon seit zwanzig Jahren zum Christentum und diente als Gemeindediakon. Er war der erste in Morichal, der begriff, daß nur der Kreuzestod Jesu ihn retten konnte. Andere, mit denen Tim sich gelegentlich flußabwärts in drei Gruppen traf, erkannten das viel langsamer.

Einmal lud Tim Larry Richardson, den Linguisten und Übersetzer, ein, zwei Wochen lang mit ihm zusammen Bibelunterricht zu geben. Am Ende einer Botschaft stand ein alter Mann auf.

»Ich muß etwas sagen! Endlich hab ich es verstanden! Laßt mich reden!«

Einige »Namenschristen«, die in der Nähe saßen, ereiferten sich und übertönten seine Stimme. Ein Tumult entstand. »Was hast du alter Mann schon verstanden! Setz dich hin!«

Aber der Alte ließ sich nicht beirren. Er redete weiter. Nur Tim, der hinter ihm saß, vernahm seine leisen Worte: »Ich seh es! Ich seh es! Als Jesus am Kreuz starb, war es für mich! Er starb für meine Sünde!« Dann setzte er sich wieder. Seine Augen leuchteten.

Tim lehnte sich vor und redete mit dem Mann. Welch einen inneren Frieden strahlte er aus! Tim konnte ihm von ganzem Herzen die Vergebung zusprechen: »Jetzt bist du ein Kind Gottes!«

Einmal war es Carlos, der sich nach Larrys Unterricht über Kain und Abel zu Wort meldete. Larry hatte erläutert, wie die Sünde den Menschen von Gott trennt. Solange kein Gott wohlgefälliges Opfer gegeben wird, bleibt der Mensch hoffnungslos verloren. Jesus Christus gab sich selbst als Opfer. Er trug die Todesstrafe, die wir verdient haben. Zum Schluß verglich Larry die Herzen der Menschen mit den Altären, die die Menschen einst bauten. Er erklärte: »Gott sieht in unsere Herzen. Er weiß, ob wir ihm diese Herzen ungeteilt als Opfer hinlegen. Abel hatte das gebracht, was Gott für die Sünde verlangte, ein Opfertier, während Kain von den Früchten seines Feldes ein Opfer brachte, das er selbst ausgesucht hatte.«

Plötzlich stand Carlos auf und sagte: »Jetzt verstehe ich!« Dann wandte er sich an die anderen Puinave und bekannte: »Ihr kennt mich ja alle, auch das Gute, das ich getan habe. Ich bin Diakon. Ich habe vor jeder Versammlung die Tür geöffnet. Ich war morgens bei jeder Gebetsstunde dabei. Aber diese Dinge, das weiß ich jetzt, machen mich nicht gerecht vor Gott. Sie sind wie Kains Opfer. Ich habe sie mir selbst ausgesucht. Jetzt möchte ich Jesus bitten, alle eigene Ehre aus meinem Herzen zu nehmen. Er allein soll in mir wohnen. Er ist es, der starb, um die Todesstrafe für meine Sünde zu tragen. So wie Gott Abels Opfer gnädig ansah, so nimmt er den Opfertod Jesu an, der am Kreuz auf Golgatha für mich starb.«

Sowohl flußabwärts als auch in Morichal hörte Albertos Mutter von Frauen, die sich öffentlich zum Glauben an Christus bekannten. Eines Abends meldete sie sich in einer Versammlung zu Wort.

»Ich weiß, ich bin Christ. Ich besuche alle Versammlungen. Ich richte Mahlzeiten für die Leute, die zu den Konferenzen kommen. Ich . . .« Sie fügte noch andere gute Werke hinzu.

Alberto ließ sich von all ihren guten Taten nicht sehr beeindrucken. Er unterbrach sie.

»Nein, Mutter, du hast noch nicht verstanden, worum es wirklich geht. Setz dich. Wir werden dich weiter lehren, was Christsein bedeutet.«

Bald erkannte sie die Richtigkeit seiner Worte. Sie hatte wirklich noch nicht begriffen, warum Christus sterben mußte, ihre guten Werke sie nicht erretteten und sie einen Erlöser brauchte.

Alberto selber dankte Gott aus vollem Herzen für seine Errettung. »Ich war nur so weit davon entfernt, die Ewigkeit in der Hölle zu verbringen!« sagte er einmal und hielt

Daumen und Zeigefinger auseinander, um die Entfernung anzudeuten. Einmal, während Tim ihm bei der Arbeit an einem neuen Einbaum half, hielt Alberto einen Augenblick gedankenversunken inne:

»Timoteo«, sagte er, »ein Mensch wie du oder ich könnte nicht einfach dastehen und zusehen, wie unser Sohn getötet wird, aber so tat es Gott mit Jesus. Und doch hatte er die Macht, ihn zu retten! Weißt du, was das mir sagt? Wie sehr Gott mich liebt! Und wie schrecklich meine Sünde ist!«

Jetzt hatte Alberto eine Gelegenheit, seine Liebe zu Gott praktisch zum Ausdruck zu bringen, indem er sich für Cains einsetzte. Tim würde nicht wieder beten müssen: »Rüttle sie auf, Herr! Schick etwas, was sie dazu bringt, dich besser zu erkennen.« Sie waren aufgerüttelt.

Später am Vormittag kam der Guerillachef mit einer guten Nachricht ins Haus.

»Entspannt euch. Wir fahren euch heute nicht fort.«

Die drei Missionare dankten Gott für das kleine Wunder, das er an ihnen getan hatte. Es gab ihnen Mut, Gott für größere Wunder zu vertrauen. An diesem Tag genossen sie wieder ihre Bibellese. Sie offenbarte ihnen Neues über Gottes Macht und ihre Vorrechte als Kinder Gottes. Begleitet von Tims Ukulele, sangen sie freudiger denn je.

Am nächsten Morgen nach dem Frühstück teilten sie sich ihre Gedanken, Wünsche und Sorgen aus dem Innersten ihrer Seele mit. Sie rechneten damit, daß heute wieder eine neue Überraschung auf sie wartete. Bedeutete das ihr Ende? Waren sie wirklich auf das Schlimmste gefaßt? Tim, der sein eigenes Herz prüfte, sagte: »Wißt ihr, was unser Problem ist? Wir vertrauen dem Herrn immer noch nicht ganz und gar für alles.« Steve und Bunny stimmten zu. »Denkt an unsere Haltung gestern, nachdem wir vom Vorhaben der Guerillas erfuhren. War sie nicht gekennzeichnet von Unruhe? Stellt sich nicht unser tiefes Vertrauen auf Gott in Frage?«

»Herr, wir haben gesündigt«, bekannten sie. »Was nicht aus dem Glauben kommt, das ist Sünde. Wir haben dir nicht vertraut, mit unserem Leben zu tun, was du willst.«

Jeder übergab Gott ganz neu und bewußt sein Leben und alles, was in diesem Leben geschehen könnte. Nach dem Gebet erfüllte sie eine tiefe Gewißheit, daß alles zwischen Gott und ihnen in Ordnung war und sie in ihm ruhten. Sogar Bunnys Magenschmerzen ließen nach. Getrost wollten sie der Zukunft entgegensehen.

Wenig später polterte der Guerillaführer herein.

»Packt eure Sachen«, befahl er. »Wir fahren.«

Unter den Dorfbewohnern breitete sich die Nachricht schnell aus. Vielleicht würden sie die Missionare nie wiedersehen. Männer, Frauen und Kinder – Gläubige und Ungläubige – versammelten sich am Flußufer, um zuzusehen, wie der Einbaum beladen wurde. Als das Boot vom Ufer losgemacht wurde, konnten die treuen Puinave ihre Gefühle nicht länger unterdrücken. Sie ließen ihren Tränen freien Lauf. Tim ermutigte sie, so gut er konnte, bald aber wurden seine Worte vom lauten Motorengeräusch übertönt. Der Guerillaführer wiederholte seinen Lieblingssatz mit eiskalter Freundlichkeit: »Es wird alles okay sein. Es handelt sich nur um Ermittlungen.«

Die kleine Gruppe von sechs Guerillas und drei Missionaren machte sich in einem großen Einbaum auf den Weg. Sie hielten für ein paar Stunden in einem nahe gelegenen Guerillalager, wo die meisten geschlafen hatten. Dort warteten drei weitere auf sie. Die Guerillas holten ein paar Sachen, unter anderem auch das Funkgerät, mit dem sie die Verbindung zu ihrem Vorgesetzten aufrechterhielten.

In der Zwischenzeit gingen zwei Wächter voraus, um einen Lagerplatz auszukundschaften. Als sie zurückkehrten, setzte sich die zwölfköpfige Mannschaft in zwei Booten wieder in Bewegung. Wenig später legten sie an. Dichter Urwald trat bis an das Wasser. So waren sie vor den Blicken der Menschen geschützt, die mit dem Flugzeug oder dem Boot vorbeikamen.

Die Schutzdächer für die Küche und das Funkgerät wurden zuerst errichtet, die Schlafplätze durch schwarze

Plastikplanen abgeschirmt, die über ein Seil gehängt wurden. Zwei der Wächter bekamen den Auftrag, sich um das Lager der Missionare zu kümmern. Sie hängten zwei Hängematten zwischen den Bäumen auf, aber es blieb nur eine einzige schwarze Plastikplane als Dach für die Drei übrig.

»Vielleicht wäre ein Bett doch besser«, schlugen die Guerilla vor.

Also fuhren die beiden ins Dorf zurück und holten Van Allens Schaumgummimatratze und ihr großes Moskitonetz mit Boden, das wie ein kleines Zelt aussah. Darüber spannten sie die Plastikplane.

»Es wird wohl in Ordnung sein, wenn ihr alle drei darin schlaft, oder?« fragten sie, da es jetzt allmählich dunkler wurde.

»Ja, sicher!« stimmten sie zu und dankten Gott für jeden kleinen Luxus.

»Morgen werden wir uns etwas anderes überlegen.«

Die Matratze auf dem Boden reichte nur für Cains, also schlief Steve auf Decken, die er zu einer Art Matratze zusammenfaltete.

Schnell wurde es dunkel. Die Tropennacht brach herein. Es blieb nichts anderes übrig, als mit den Hühnern ins Bett zu gehen. Einer der Wächter hatte jedoch aus Cains Haus einige Kerzen mitgebracht. Nicht weit vom Moskitonetz der drei entfernt richtete er einen Stock als »Laternenpfahl« auf. Indem er die Spitze des Stocks spaltete, konnte er eine Kerze darin befestigen. Zumindest für die frühen Nachtstunden war für Beleuchtung gesorgt. Sie diente zwar nicht zum Lesen, aber es half dem Wächter vom Dienst, seine Gefangenen im Auge zu behalten. Hier im Urwald leuchteten ihnen die Taschenlampen noch öfter ins Gesicht als in Cains Haus.

Am nächsten Morgen suchten die Entführer vergeblich nach einer besseren Schlafgelegenheit für ihre Geiseln. Weil eine Plastikplane fehlte, blieb das Moskitonetz das Zuhause der drei. Tim, der in der Mitte schlief, mußte die Arme über dem Kopf halten, damit sie genug Platz hatten. Steve sah die lustige Seite der ganzen Situation.

»Wißt ihr, mein Vater hat mir immer gesagt, ich sollte nie länger irgendwo zu Gast bleiben, als ich erwünscht bin. Also, wenn ihr mich satt habt, sagt es mir nur. Ich gehe gern nach Hause!«

Tagsüber lag die unerträgliche Hitze drückend auf ihnen, so daß sie trotz der Mücken und anderer unliebsamer Insekten draußen auf der Erde oder auf einem Baumstamm saßen. Damit Cains Koffer nicht direkt auf der Feuchtigkeit des Bodens lag, hatten die Wächter am Abend zuvor ein Regal aus Stangen gebaut. Jetzt zimmerten sie auf Tims Bitte hin eine Bank, auf der sie sitzen konnten.

Wenn es regnete, wurden die Matratze und der Boden des Moskitonetzes unbequem naß. Den Guerillas ging es nicht anders, da sie Palmblätter und Gestrüpp als Matratzen verwendet hatten. Nur einige kamen in den Genuß einer Hängematte.

Dann machten sie sich daran, die Gegend zu erkunden. Zwei Tage später rodeten sie einen höher gelegenen Platz weiter hinten im Urwald. In diesem neuen Lager wurden die Geiseln in sicherem Abstand zum Fluß untergebracht.

Sie verbrachten die Tage ähnlich wie im Dorf. Um 4.30 Uhr wurden die Guerillas zum Frühstück gerufen und traten dann ihren Dienst an. Die Missionare erhielten später ihr Frühstück und durften ihren eigenen Zeitplan gestalten. Was alle drei sehr vermißten, war Tims zurückgelassene Ukulele. Aber sie sangen trotzdem, beteten zusammen, lasen in der Bibel und tauschten sich darüber aus. Manchmal schienen ihre Herzen vor Freude überzufließen, wenn Gottes Wort auf neue Weise lebendig zu ihnen sprach. Mitten in der Spannung wegen ihrer ungewissen Zukunft blieben sie ruhig, erfüllte Gott sie mit tiefem Frieden.

Bunny mußte nun nicht mehr selber das Essen zubereiten, wie es zu Hause der Fall gewesen war. Ihr kamen die Tage unendlich lang vor. Der Guerilla-Koch tat sein Bestes mit dem, was er hatte: Bohnen, Reis und oft Fleisch. Einmal schlachteten die Wächter ein Schwein, das sie seit ein paar Wochen mitgeführt hatten. Manchmal gab es ein

Huhn und ein paar Mal Fisch. Zu seiner großen Freude nahmen die Guerillas Tim eines Tages mit zum Angeln. Sie besaßen nicht viel Geschick, die Fische an Land zu ziehen.

Kurz nachdem sie in dieses verlassene Urwaldlager gebracht wurden, kam der Guerillachef mit einer wichtigen Nachricht.

»Captain Pablo ist entflohen«, sagte er in einem drohenden Ton, der wohl seine Hörer beeindrucken sollte.

»Entflohen? Ist das wahr?«

»Ja, er entkam nachts mit nur wenig Kraftstoff im Flugzeug. Wahrscheinlich hat er irgendwo im Urwald eine Bruchlandung gemacht. Unmöglich konnte er im Dunkeln irgendwo sicher landen.«

Sollte man diese Nachricht glauben oder nicht? Welche Möglichkeit besaßen die drei Geiseln schon, die Wahrheit zu erfahren! Aber sie beteten weiter für Paul.

Am 15. Oktober hörten die Missionare und die Guerillas, wie ein kleines Flugzeug in Morichal landete. Nach kurzer Zeit flog es wieder ab. Etwa fünfundvierzig Minuten später legte ein Boot im Hafen des Urwaldlagers an. Es brachte zwei neue Guerilla-Kommandanten in Militäruniform und eine Begleiterin. Sie trugen modernere Gewehre als die Wächter.

Der eine Kommandant sollte die Verantwortung für die Guerilla-Wächter übernehmen. Zunächst gab es einen Streit, wer ihr Chef war. »Du kannst mir nicht sagen, was ich tun soll. Du hast nur denselben Rang wie ich!« hörte man sie wütend aufeinander einreden. Tim nannte diesen Kommandanten »Brass«, ein amerikanischer Spitzname für einen hohen Offizier. Brass war mittelgroß, etwas dünn, mit zerzausten, lockigen Haaren. Seine Begleiterin übernahm die Rolle des Ausbildungsoffiziers und machte sich daran, die Wächter zu drillen, besonders im Gebrauch der Waffen.

Der andere Kommandant schritt auf die Geiseln zu. »Ich bin hier, um mich um euch zu kümmern und dafür zu sorgen, daß ihr zu euren Leuten zurückkommt«, erklärte er. »Sobald die Friedenskommission aus Bogota hier ankommt, werde ich euch übergeben.«

Steve, Tim und Bunny sahen sich ungläubig an. Trotzdem schöpften sie bei dieser Ankündigung wirklich Hoffnung. Was steckte wohl hinter dem Namen »Friedenskommission«? Sie hatten keine Ahnung, aber es hörte sich gut an. War es möglich, daß sie ohne Lösegeld freikommen sollten? Genau dafür hatten sie ja gebetet! Ihre Gedanken schwangen sich auf zu kühnsten Träumen. Leben erwachte in ihnen, erfüllte jede Faser ihres Seins.

Als nächstes erkundigte sich Brass bei den Wächtern nach den beschlagnahmten Sachen der Cains. Sie gaben zu, Tonbandgeräte, Tims Funkgerät und Geld genommen zu haben. Da sie diese Dinge bereits in Gebrauch hatten, machten sie kein Geheimnis daraus, sondern händigten sie Tim anstandslos aus. Zum großen Erstaunen von Tim, Bunny und Steve entschuldigte sich der Kommandant für die schlechte Behandlung, die die drei erfahren hatten. Nie mehr sollten sie ungerecht beschuldigt werden oder gesagt bekommen, sie seien schlechte Menschen.

Von diesem Zeitpunkt an erhielten die Missionare besondere Aufmerksamkeit, bis es ihnen fast peinlich wurde. »Sollen wir euch noch ein Kopfkissen bringen?« »Möchtet ihr ein paar Kekse?« (Diese stammten freilich aus Cains Haus, aber immerhin, ein freundliches Angebot.) Steve, Tim und Bunny, verunsichert und fassungslos, wußten zunächst nicht, wie sie auf die Freundlichkeiten reagieren sollten. Dann faßten sie Mut und äußerten zwei Wünsche. Erstens: Könnte man wohl ihr Essen mit weniger Öl kochen? Obwohl der Koch diese Bitte freundlich aufnahm, versuchte er sie doch zu überzeugen, daß fettiges Essen besser schmeckte. So sagten die drei nichts mehr zum Thema Essen. Und die zweite Bitte: Könnten die Wächter versuchen, ihnen nachts nicht direkt in die Augen zu leuchten, wenn sie sie mit ihren Taschenlampen kontrollierten? Das helle Licht empfanden sie als sehr störend. Dieser Bitte kamen die Guerillas nach, obwohl die Häufigkeit der Kontrollen gleichblieb.

Einmal erwähnte Steve zufällig sein Lieblingsessen: Pfannkuchen. Eine Frau aus dem Lager, die keine besonderen Aufgaben zu haben schien, lud Bunny ein, Pfannkuchen zu backen. Nach zwei Pfannkuchenmahlzeiten bat sie Bunny um das Rezept und war hoch erfreut, als ihre Pfannkuchen genauso gut gelangen.

Wie die drei bald entdeckten, hatte der für sie verantwortliche Kommandant eine Doppelfunktion. Er bewachte sie nicht nur sorgfältig, sondern hielt ihnen auch mit großer Begeisterung Vorträge über die Macht und Größe des Kommunismus. Diese Vorträge brachten ihm den Titel »Professor« ein. Geschickt in diese Art Gehirnwäsche eingestreut, machte er Andeutungen über die »Schrecklichkeit des Kapitalismus«. Seine gleichbleibende, ruhige Stimme wirkte sehr unpersönlich. Aber den dreien blieb nichts anderes übrig, als stillzusitzen und pflichtbewußt zuzuhören.

Kurz nach seiner Ankunft berichtete Brass den Missionaren: »Captain Pablo ist in Villavicencio gut angekommen.« Brass hielt inne. Er schaute von einem zum anderen. Begriffen seine Zuhörer nicht, was geschehen war? Warum antworteten sie nicht? Sahen sie nicht, was das für die Guerillas bedeutete? Warum sonst hatte man begonnen, sie freundlich zu behandeln? Merkten die Gefangenen nicht, daß er sie auf eine mögliche Rückkehr in die Außenwelt vorbereitete?

Dann richtete er das Wort an Steve: »Sag deinem Freund Pablo, daß er mich angelogen hat! Er behauptete, er hätte nur wenig Kraftstoff im Tank! Daß ich nicht lache!« Für Brass und die anderen Guerillas gab es keine andere Erklärung. Es war einfach unmöglich, mit so wenig Kraftstoff zu entkommen! Tim, Bunny und Steve wunderten sich, wie und wo dieser Mann mit Paul gesprochen hatte. Wie Steve wußte, war der Kommandant bei Pauls Abflug von Morichal nicht dabei gewesen. Oder handelte es sich vielleicht um den Kommandanten, den Paul unterwegs zum Gefangenenlager mitgenommen hatte? Die Andeutung, daß Steve wieder mit Paul reden würde, erschien ihm sehr bedeutsam.

Kurz nach der Ankunft des »Professors« und seiner

Freunde flog ein großes Flugzeug über sie hinweg. Es hörte sich so an, als ob es in Morichal landete. Wenig später, ebenfalls aus der Richtung von Morichal, vernahmen sie das Geräusch nahender Hubschrauber. Zunehmende Aufregung machte sich unter den Guerillas bemerkbar. War ihnen die Armee auf die Spur gekommen? Die Kommandanten bestellten eine Sonderwache für die Missionare. Bis dahin hatte man darauf verzichtet. Hatte man den Ausländern doch gleich zu Anfang ihrer Gefangenschaft erklärt: »Einen Fluchtweg in den Urwald gibt es nicht. Das ist zu gefährlich. Und über den Fluß wird es keinen Ausweg geben!«

Der Sonderwächter stellte sich hinter die Missionare. Das Gewehr in der Hand, bereit, die Geiseln vor Eindringlingen zu verteidigen, verharrte er so den ganzen Tag. Zwei weitere Wächter nahmen ihren Platz tiefer im Urwald ein. Sie erschienen nur zum Essen und nahmen sofort wieder ihren Posten ein. Während des restlichen Tages und der Nacht hielten sie ihre Sonderwache aufrecht. Scheinbar rechneten sie damit, daß sich Soldaten im Urwald versteckt hielten. Sie hörten, daß die Hubschrauber nach ein paar Stunden wieder abflogen. Aber offensichtlich war das große Flugzeug über Nacht geblieben.

Früh am nächsten Morgen, am 16. Oktober, befahl »Professor« den Missionaren, ihre Sachen zu packen.

»Wir brechen zu einem neuen Lagerplatz, weiter entfernt, auf«, sagte er ihnen. »Wir wollen euch vor der Armee schützen. Wir werden erst dann weichen, wenn sie sich zurückzieht.«

Steve machte einen Gegenvorschlag: »Wenn wir wirklich zu unserem Schutz weggebracht werden sollen, warum bringt ihr uns dann nicht nach Morichal und laßt uns mit dem Armeeflugzeug mitfliegen?«

»Auf keinen Fall! Sie werden euch umbringen und dann erzählen, wir hätten es getan!«

Niemand verließ das Lager, bis sie das Flugzeug aus Morichal abfliegen hörten. Dann machten sich Geiselnehmer und Geiseln zum neuen Lagerplatz auf, der fünfzehn Minuten entfernt an einem kleinen Bach lag. Vorsichtshalber stellten sie einen Wächter an der Einmündung des Bachs auf und einen anderen im Urwaldgebiet hinter dem Lager.

Diesmal befestigten die Guerillas den »Kokon« weiter über dem Boden auf Pfählen. Ihre eigenen Betten richteten sie auch so ein. Auf diese Weise wurden sie bei Regen nicht so naß wie früher. Tim machte sein Rücken zu schaffen. Er versuchte, einen Pfahl seinem Rücken anzupassen, aber das war gar nicht so leicht!

Schon an diesem Tag begann es zu regnen. Als der Regen nachließ, umschwärmte sie eine Invasion von Mücken, so daß die drei trotz der Hitze im »Kokon« saßen. Sie bekamen mit, wie sich einige Guerillas in Booten davonmachten.

»Wißt ihr«, meinte Bunny, »wäre es nicht schön, jetzt eine Limonade zu trinken . . . eine eiskalte?« Aber wo in aller Welt sollte man hier Eis bekommen? Nun, mit einer einfachen Limonade wären sie auch zufrieden!

Als das Boot zurückkam, marschierten die Guerillas auf ihre Gefangenen zu – und was überreichten sie ihnen? Drei Traubenlimos aus Venezuela!

»O, klasse! Danke schön!« riefen die drei einstimmig voller Begeisterung. Bunny war überwältigt. »Ich hatte den Herrn nicht einmal wirklich darum gebeten!« sagte sie zu Tim und Steve. »Gott wußte einfach, was wir brauchen.« Was andere vielleicht für eine unwesentliche Kleinigkeit gehalten hätten, bedeutete für Tim, Bunny und Steve jetzt ein großes Geschenk der Ermutigung. Sie dankten Gott dafür.

»Du hättest auch um Eiswürfel bitten sollen!« sagte Steve scherzhaft.

Bunny bekam Mut, um ein weiteres Wunder zu bitten. Allein im »Kokon« sitzend las sie in den Psalmen. Sie hatte sich vorgenommen, die ganze Bibel durchzulesen. Im »Kokon« war es heiß und stickig, aber die Mücken draußen schienen eine noch größere Plage zu sein.

»Herr«, betete sie, »ich weiß, ich bin nicht würdig, dich

immer wieder zu bitten. Aber Gott, in deinem Wort steht, daß du reich bist an Erbarmen. Es ist so unerträglich heiß! Herr, zeige mir jetzt dein Erbarmen und schicke mir eine frische Brise.«

Und Gott tat es. Eine kühle Brise wehte und erfrischte die drei. Bunny sagte bewegt zu den Männern: »Wißt ihr, warum diese Brise aufgekommen ist? Weil ich den Herrn darum bat! Mit wieviel kleinen Wundern überschüttet er uns!«

Am Samstag abend, neun Tage nach ihrer Ankunft im Urwald, bemerkte Tim, wie sein üblicher Optimismus zu schwinden drohte. Aber er wußte, wo er sich hinzuwenden hatte.

»Herr«, betete er im stillen, »ich bin der Vater von zwei Mädchen. Ich weiß, und du weißt es auch, es gibt Zeiten, in denen meine Töchter in den Armen gehalten werden müssen, in denen sie besondere Zuwendung brauchen. Sie wollen mich anfassen, mich berühren. Nun, so fühle ich mich jetzt auch, Herr. Rühre mich an. Ich fühle mich unsicher und wünschte mir, du würdest etwas Besonderes an mir tun.«

Steve spürte Tims Niedergeschlagenheit und sprach ihn an: »Tim, was denkst du jetzt?« Tim vertraute ihm offen an, worum er gebetet hatte.

Aber an diesem Abend geschah nichts Besonderes.

Noch war es dunkel. Bald würde die Morgendämmerung den neuen Tag ankündigen. Im Lager regte sich Leben. Wenig später, als das erste Morgenlicht den Wald durchflutete, begannen wie auf ein Kommando die Vögel, ihr Morgenlied zu singen. Nicht nur ein paar Vögel wie sonst, sondern eine Unmenge verschiedener Stimmen.

»Tim, hier ist deine Antwort! Ist das nicht etwas Besonderes? Hör dir den Vogelchor an, der sich zu unserem Sonntagsgottesdienst eingestellt hat!«

Ja, was für ein Chor war das! Große und kleine Vögel saßen auf den Zweigen der Bäume um sie herum. Als seien sie von einem unsichtbaren Chorleiter dirigiert, sangen und zwitscherten die Vögel überall um die drei Gefangenen herum, schauten sie an und nickten ihnen fast zu. Zunächst zählten die Missionare etwa zwölf kleine Vogelarten, aber auch Papageien, Tukane und sogar ein großer, schwarz-weißer Bussard gehörten zum Chor. Wieder zählten sie und kamen auf sechsundzwanzig Vogelarten.

Das genügte Tim. Das war mehr, als er erwartet hatte! Gott hatte sein Gebet erhört und wirklich etwas Besonderes getan. Mehrere Stunden lang bewegten sich die Vögel kaum, hüpften nur hier und da einmal von Zweig zu Zweig. Ihr Gesang hörte sich wie eine Tonbandaufnahme an. Tim, Bunny und Steve stimmten mit in den Gesang der Vögel ein. Sie sangen Lieder auf spanisch, englisch und in der Puinave-Sprache. Es war ein ganz besonderer Anbetungsgottesdienst.

Gegen 12 Uhr flogen die Vögel davon und erschienen nicht wieder in dieser Weise, weder am nächsten noch am übernächsten Tag.

Am folgenden Sonntag war der Vogelchor wieder da, diesmal noch zahlreicher! Alle Vögel sangen, zwitscherten oder krächzten. Und wieder blieben sie bis zum Mittag da. Den Guerillas waren die Vögel völlig egal, als die Missionare sie auf sie aufmerksam machten. Aber für Tim, Bunny und Steve bedeuteten sie ein überwältigendes Zeichen der Liebe und Fürsorge Gottes. Diese kleinen Wunder redeten deutlicher von ihrem himmlischen Vater, als alle Worte es auszudrücken vermochten. Er streckte sich zu ihnen aus und rührte sie an. Ihr Schicksal war ihm nicht egal.

11. In geheimer Mission

Paul versuchte, in Villavicencio möglichst unerkannt zu bleiben. Gleich nach der Landung auf der finca hatte er sich Mühe gegeben, die Cessna so gut wie möglich zu verstekken und alle Mitarbeiter der Mission gebeten, die Geschichte seiner Flucht geheimzuhalten. Er wollte nicht, daß die Nachricht in die Medien gelangte, während sie Wege und Mittel suchten, die drei weiteren Missionare auf friedliche Weise freizubekommen. Wo die Nachricht an Medien in den Vereinigten Staaten durchgesickert war, bat man, sich in der Berichterstattung zurückzuhalten, um den Guerillas Handlungsfreiheit zu gewähren.

Macon Hare jun. hatte schon vor Pauls Flucht viel Arbeit geleistet, um die Geiseln freizubekommen. Die zivile Luftfahrtbehörde bat ihre Piloten, nach der Cessna Ausschau zu halten. Als sich der Verdacht bestätigte, daß das Flugzeug in die Hände von Terroristen gefallen war, erhielten sämtliche Behörden nach und nach Informationen.

Macon setzte sich mit allen Kräften für die Geiseln ein. Er holte Rat bei verschiedenen Behörden ein und beantwortete Fragen. Ken Newton, einer der Lehrer in Fusa, überließ seine Arbeit anderen und setzte sich ebenfalls für das Schicksal der Geiseln ein. Lindy Drake, der seine eigene Stammesarbeit wegen Guerillas aufgeben mußte, übernahm das Telefon der Mission, das zu dieser Zeit ununterbrochen klingelte. Er versuchte, Macon soviel es ging zu entlasten, so daß dieser sich ganz um den Notfall kümmern konnte.

Ein Missionar in Heimataufenthalt in den USA machte es sich zur Aufgabe, alle anderen Kolumbien-Missionare in der Heimat anzurufen. Diese Aktion bewirkte mehr Gebet und Hilfsangebote. Zwei Männer, die sich im Heimataufenthalt befanden, ließen ihre Familien zu Hause, kehrten nach Kolumbien zurück und füllten entstandene Lücken aus. Einer von ihnen, Dan Germann, begleitete Macon in Villavicencio und Bogotá. Zusammen holten diese Männer Informationen ein, wo sie sich um Rat hinwenden konnten und welche Schritte sie unternehmen sollten, um die Freilassung von Steve und den Cains zu erreichen. Manchmal sah die Lage hoffnungsvoll aus, ein anderes Mal wiederum unmöglich. Aber stündlich ließen sich mehr Menschen in der Heimat unter den Betern einreihen.

Pauls Flucht gab Aufschluß über die Täter der Entführung. Er brachte notwendige Beweise, daß es sich tatsächlich um eine der wenigen Guerillagruppen handelte, die einen Friedensvertrag mit der Regierung unterzeichnet hatten. Dieser Vertragsbruch gab der Armee natürlich volle Freiheit einzugreifen. Die Mission wollte dies jedoch verhindern. Sie beteten dafür, daß die Guerillas von sich aus ihre drei Mitarbeiter freilassen würden.

Macon und Paul fuhren nach Bogotá, um der amerikanischen Botschaft Bericht zu erstatten und dort Rat einzuholen. Die Botschaft versprach jede mögliche Unterstützung. Aber sie konnte eigentlich nur sehr wenig tun, ohne sich in die inneren Angelegenheiten des Landes einzumischen.

In Bogotá erzählte Paul seine Geschichte einem amerikanischen Freund, der Gottes Rolle in dieser Angelegenheit skeptisch betrachtete. Paul erzählte, wie sein Fluchtvorhaben in der Nacht zuvor vereitelt worden war. Al Meehan, der JAARS-Pilot, wohnte dem Gespräch bei. Er bekräftigte Pauls Zeugnis und wies auf das Handeln Gottes hin. Dann wandte er sich an Paul.

»Paul, weißt du was? Als du mir vor einigen Tagen zum ersten Mal von deiner wunderbaren Flucht erzähltest, fiel mir etwas ein: Der Herr verhinderte deinen ersten Fluchtversuch, weil wir überall um Lomalinda herum ständig Gewitter hatten – Blitz, Donner und Regen. Da hättest du auf keinen Fall landen können!«

Al fuhr fort, während der amerikanische Freund mit zunehmendem Interesse lauschte. »Ich wachte an diesem bestimmten Mittwoch morgens um 4.30 Uhr auf mit dem Gefühl, daß heute etwas Besonderes passieren würde. Ich fing an, Psalm 91 zu lesen.«

Al hielt inne und zitierte die letzten drei Verse des Psalms Wort für Wort:

»Er liebt mich, darum will ich ihn erretten;
er kennt meinen Namen, darum will ich ihn schützen.
Er ruft mich an, darum will ich ihn erhören;
ich bin bei ihm in der Not,
ich will ihn herausreißen und zu Ehren bringen.
Ich will ihn sättigen mit langem Leben
und will ihm zeigen mein Heil.«

Al erklärte dem amerikanischen Bekannten, was ihm dieser Abschnitt zu sagen hatte: »Gott rettete Paul, weil Paul ihn liebt und ihn in seiner großen Not anrief.«

Der Bekannte wußte nicht, was er antworten sollte. Diese unglaubliche Geschichte bewegte ihn zutiefst. »Ist das der Grund, warum du entfliehen konntest – weil du den Herrn liebst und ihm in deinem Leben den ersten Platz einräumst?«

Am 13. Oktober, neun Tage nach Cains Gefangennahme, fand Macon frühmorgens einen Zettel, der nachts unter die Tür des Missionshauses in Villavicencio geschoben worden war. Dieser »Zettel« entpuppte sich als größeres Dokument. Es handelte sich um die langerwartete Lösegeldforderung. Sie erhob jedoch keinen Anspruch, von den F.A.R.C. zu stammen. Das ganze Dokument gab vor, in Morichal von einer kleineren marxistischen Gruppe verfaßt worden zu sein, die von einem gewissen »Ricardo Franco« geleitet wurde. Das Datum: 9. Oktober.

Das Dokument begann: »Wir haben in unserem Gewahrsam vier ausländische Missionare amerikanischer Staatsangehörigkeit: Mr. und Mrs. Tim Cain, Captain Paul und Mr. Steian Estil.« Offensichtlich war die Nachricht von Pauls Flucht am Morgen des 9. Oktober noch nicht zu Ohren der maßgeblichen Guerillagruppen gedrungen: Und bei der Übermittlung der Namen hatte es auch Schwierigkeiten gegeben. Es folgten einige lächerliche, grobe Anklagen gegen die angebliche »Ausbeutung der Indianer durch die Missionare« verbunden mit der Andeutung, daß sie, die Guerillas, solche Verbrechen bestrafen mußten.

Das geforderte Lösegeld betrug etwa 131.000 Dollar (ca. DM 250.000) und galt nur für die Befreiung von Mrs. Cain, die in »schlechtem Gesundheitszustand« sei. Es ging daraus hervor, daß die Guerillas Verhandlungen wegen des Flugzeugs und der drei anderen Missionare in Betracht ziehen würden, sobald das erste Lösegeld bezahlt worden war.

Weiter wurden Anweisungen gegeben, wie die Zustimmung der Mission im Radio weitergegeben werden sollte. Die Angelegenheit durfte auf keinen Fall vor die Behörden gebracht werden. Das Schweigen gegenüber Behörden war der Schlüssel zum Erfolg vieler Lösegeldforderungen. Firmen und Privatleute, die sich um ihre Angehörigen Sorgen machten, zahlten stillschweigend und versprachen Geheimhaltung, selbst nach der Freilassung. Deshalb nahmen die Entführungen immer weiter zu.

Paul konnte verstehen, warum Felipe versucht hatte, ihn zu überzeugen, daß sie nicht der F.A.R.C. angehörten, sondern der E.L.P. Felipe hatte sofort erkannt, daß sie mit der Regierung Ärger bekommen würden, wenn die Wahrheit herauskäme. Aber jetzt sollte die Mission glauben, es handele sich um eine ganz andere Gruppe unter der Leitung eines Ricardo Franco!

Laut Beschluß der Mission mußten die Familien der Entführten sofort nach Erhalt der Lösegeldforderung das Land verlassen. Dadurch sollten mögliche Belästigungen vermieden werden. Die amerikanische Botschaft erstellte schnell die Papiere, so daß Betsy und ihre drei Kinder und Mary Cain mit Tims sowie Bunnys beiden Töchtern nach Hause fliegen konnten. Alle Behörden, mit denen sie zu tun hatten, zeigten sich sehr hilfsbereit.

Von Anfang an hatte man befürchtet, daß die Guerillas mit der Entführung ein Lösegeld zu erpressen versuchten. Jetzt gab es darüber keine Zweifel mehr. Aber wer hätte gedacht, daß sie die Angelegenheit so hinausziehen würden, indem sie zunächst nur für eine Geisel Lösegeld verlangten! Das alles erforderte ernsthafte Überlegungen von seiten der Missionsleitung. Eine Nervenprobe! Macon rief die Zentrale in Sanford/Florida an und bat darum, daß ein Vorstandsmitglied herkommen und einige wichtige Entscheidungen bestätigen sollte.

Mel Wyma und Duane Stous, die beide Missionserfahrung hatten, folgten dem Ruf. Schon am nächsten Tag flogen sie nach Bogotá. Die ganze Angelegenheit hatte sie unheimlich mitgenommen. Was könnten sie ausrichten? Aber Gott ermutigte sie, weiterzuhoffen und auf ihn zu vertrauen. Psalm 64 sprach in besonderer Weise zu ihnen. Er schien direkt auf die Terroristen gemünzt zu sein. Wie wunderbar redet Gott in unsere menschlichen, oft ausweglosen Situationen hinein! Der Psalm 65, Vers 6 ermutigte sie, Gott noch mehr zu vertrauen und das Unmögliche von ihm zu erwarten.

»Sie verstehen sich auf ihre bösen Anschläge
und reden davon, wie sie Stricke legen wollen,
und sprechen: Wer kann sie sehen?
Sie haben Böses im Sinn und halten's geheim,
sind verschlagen und haben Ränke im Herzen.
Da trifft sie Gott mit dem Pfeil,
plötzlich sind sie zu Boden geschlagen.
Ihre eigene Zunge bringt sie zu Fall . . .
Und alle Menschen werden sich fürchten
und sagen: Das hat Gott getan . . .
Die Gerechten werden sich des HERRN freuen
und auf ihn trauen,
und alle frommen Herzen
werden sich seiner rühmen.
Erhöre uns nach der wunderbaren Gerechtigkeit,
Gott, unser Heil . . .« (Psalm 64,6-11; 65,6)

Macon, Paul und Ken holten die beiden Missionare vom Flughafen ab. Den ersten Abend und auch einen Teil des nächsten Morgens verbrachten sie im gemeinsamen Gebet. Immer noch suchten sie nach möglichen Wegen zur Befreiung der Geiseln. Dann erkannten sie, daß sie einfach im Glauben schrittweise vorangehen sollten. Gott mußte sie führen, ihnen Weg und Richtung zeigen.

Nachdem sie sich auf der amerikanischen Botschaft gemeldet und einige einflußreiche Persönlichkeiten besucht hatten, fuhren sie nach Villavicencio weiter. Dort wartete Lindy mit schlechten Nachrichten. Überall breiteten sich Unruhen aus. Rebellen kämpften gegen die Armee. Das machte die Lage der Mission nicht einfacher.

Komiteesitzungen folgten, bei denen einige wichtige Entscheidungen getroffen wurden. Zum einen mußte man die Missionare aus drei verschiedenen Stämmen zurückziehen, die in Reichweite der Guerillas lebten. Besonders nahe ging es allen, als man beschloß, die Missionare aus der Arbeit unter den Macú zu nehmen. Bei ständiger Gefahr und großem Risiko hatte man sich jahrelang dafür eingesetzt, die Freundschaft und das Vertrauen der Macú zu gewinnen. Da der Stamm eine Sprache benutzte, hatte es viel Zeit gekostet, diese schriftlich festzulegen. Und jetzt, wo die Missionare einen hervorragenden Kontakt zu dem Stamm hatten, sollten sie sich zurückziehen?

Etwa zu dieser Zeit wurde Rich Hess von La Laguna ausgeflogen, um sein Visum erneuern zu lassen. Er brachte Nachrichten mit, die die Entscheidung besiegelten. Während seines Aufenthalts bei Larry Dye im Urwald hatte sich folgendes ereignet:

Ein Motorboot mit jungen Männern und einer Frau war auf dem Macú-Fluß bis La Laguna vorgedrungen. Mike Gleaves und seine Familie, die als Missionare hier arbeiteten, konnten den Motor fast zwei Stunden lang hören, während das Boot, vom großen Strom kommend, den Windungen des kleinen Flusses folgte. Mike hegte den Verdacht, daß es sich um Guerillas handeln könnte. Jeder, der sie sonst besuchte, kam mit dem Flugzeug. Oft hörten die Missionare, wie Motorboote und Kokainschlepper in einiger Entfernung auf dem großen Fluß hin- und herfuhren, aber niemand hatte Grund, den Fluß zu ihrer Lagune zu befahren, wo sie in einem Haus auf Stelzen über dem Wasser wohnten.

Mike schickte seine Frau und zwei Töchter im Boot zu einem vorher vereinbarten Versteck im Urwald, während er allein auf das herannahende Boot wartete.

»Wir wollen Dan Germann und Paul Dye besuchen«, sagten die Besucher unvermittelt.

Jahre waren vergangen, seitdem Dan die Macú-Arbeit verlassen hatte, um im Schulungszentrum in Fusa mitzuarbeiten. Und als Pilot flog Paul wohl hin und her, war aber nie hier stationiert. Mike erkannte sofort, daß diese Leute die erwähnten Namen einfach als Vorwand benutzten, um in Erfahrung zu bringen, was die Missionare hier taten. Er ließ sie wissen, daß die Männer, nach denen sie fragten, nicht hier arbeiteten und daß die Macú Angst vor Fremden hätten. Mike berichtete kurz von einigen tragischen Erfahrungen der Vergangenheit, die Eindringlinge mit Macú gemacht hatten.

»In Ordnung«, lautete die Antwort. Das Boot entfernte sich wieder.

Diese Nachricht deprimierte Paul sehr. Er war überzeugt, daß es sich bei Mikes Besuchern um Guerillas handelte. Sollte also auch den Macú die Chance genommen werden, das Evangelium zu hören? Schweren Herzens stimmte er im Komitee zu, daß die Missionare wegen der akuten Gefahr vorläufig zurückgezogen werden müßten. Und was würde geschehen, wenn die Missionare La Laguna aufgaben? Ohne Zweifel würden die Kokainpflanzer die Landebahn übernehmen, hatten sie doch schon vor längerer Zeit darum gebeten, sie mitbenutzen zu dürfen. Das gäbe den Guerillas freie Hand, ihr teuflisches Werk zu treiben.

Auch Rich galt die Entscheidung, sich aus der Macú-Arbeit zurückzuziehen. Es erschütterte ihn zutiefst. Während er unter den Macú gearbeitet hatte, hatte er wenig von allen Unruhen gehört. Er wußte auch nichts von Pauls Gefangennahme und seiner abenteuerlichen Flucht. Rich mußte wegen seines Visums die Station verlassen und konnte das Flugzeug benutzen, das Mikes Familie evakuieren sollte.

Rich liebte die Indianer. Kein Opfer war ihm zu groß, kein Preis zu hoch, um sie mit dem Evangelium zu erreichen und ihr Leben mit ihnen zu teilen. Warum mußte Rich gerade zu diesem Zeitpunkt den Stamm verlassen, als er Gott für das wachsende Vertrauen zwischen den Macú und den Missionaren von Herzen gedankt hatte? Er schlug dem Komitee vor, allein in den Stamm zurückzugehen, obwohl das bedeutete, von jeglicher Versorgung abgeschnitten zu sein. Schließlich kam er zu der Einsicht, daß Gott auch eine andere Tür auftun könnte, um die Macú zu erreichen.

Die andere größere Entscheidung an diesem Tag war nicht so schwer zu treffen, dafür aber umso schwieriger auszuführen. Auf einen Rat hin beschlossen sie, der F.A.R.C. einen Brief zu schreiben, anstatt im Radio auf ihre Lösegeldforderung zu antworten. Sie würden ihnen mitteilen, daß die Mission kein Lösegeld zahlen würde, und versuchen, sie zur Freilassung der Geiseln zu bewegen.

Man machte den Vorschlag, daß Paul über Morichal fliegen und dort einige Exemplare des Briefes abwerfen sollte, auch an der anderen Landebahn, zu der er mit den Entführern geflogen war. Zunehmende Nervosität machte sich bemerkbar, weil diese Aufgabe gerade Paul zufallen sollte. Auch Paul schien nervös. So ließ man die Durchführung dieser Aufgabe zunächst einmal offen.

Sechs Männer mit sechs verschiedenen Vorstellungen machten sich an die Abfassung dieses bedeutsamen Briefes. Über den Inhalt herrschte Verwirrung. Alle waren sich bewußt, daß dieser Brief entweder den Tod oder die Befreiung der Geiseln auslösen könnte. Nach einem Nachmittag angestrengter Arbeit einigten sie sich jedoch auf die endgültige Fassung im Vertrauen darauf, daß Gott sie geleitet hatte.

Brief an die Geiselnehmer

Ihr Männer von F.A.R.C.!

Als Direktoren der New Tribes Mission glauben wir, daß es sehr wichtig für Sie ist zu verstehen, daß wir Missionare sind, die sich in keine politischen Aktivitäten einmischen. Es geht uns um das Wohl der Menschen. Ohne Einladung der Indianer betreten wir nie ihre Stammesgebiete.

Unsere Priorität ist, biblische Wahrheiten zu unterrichten. Der Indianer wählt selbständig, ob er der biblischen Lehre, die wir ihm anhand der Bibel zeigen, folgen will. Jeder in den Dorfgemeinschaften, in denen wir arbeiten, wird bestätigen, daß es das Ziel der Mission ist, den Menschen zu helfen. Sie können auch bestätigen, daß wir uns zu keiner politischen Richtung bekennen. Darum entbehren alle Ihre Beschuldigungen, Indianer bombardiert und angegriffen zu haben, jeglicher Glaubwürdigkeit. Es bestehen weder Verbindungen zur Drogenpolizei, noch zu militärischen Organisationen oder irgendwelchen politischen Persönlichkeiten Kolumbiens. Wir bitten Sie, unseren Worten zu glauben!

Diesen Brief richten wir an die F.A.R.C., nicht an »Ricardo Franco«. Auf der Basis verläßlicher Informationen unseres Mitarbeiters Paul Dye, dem entkommenen Piloten der entführten Maschine, wissen wir, daß einige Ihrer Mitarbeiter sich zur F.A.R.C. bekennen. Darum glauben wir, daß sich unsere Missionare in Ihrem Gewahrsam befinden. Wir sind der Ansicht, daß Sie versuchen, Ihren entscheidenden Fehler, den Sie mit dieser Entführung begangen haben, zu korrigieren, indem Sie behaupteten, Sie gehörten zur Organisation »Ricardo Franco«. Wenn nämlich das kolumbianische Volk herausfindet, daß Sie für die Entführung verantwortlich sind, würde dies das Vertrauen des Volkes in Ihre Aufrichtigkeit und Ihre guten Absichten erheblich gefährden. Ebenso würde sich das ganze Geschehen negativ auf die angestrebte Waffenruhe auswirken, die für Sie von großem Vorteil ist.

Jedes Mitglied der New Tribes Mission verrichtet seinen Dienst für Gott von ganzem Herzen.

Vor einigen Jahren beschlossen Tim und Bunny Cain, Steve Estelle sowie die übrigen Missionare, daß die Mission im Falle einer Entführung kein Lösegeld zahlt. Bunny, Tim und Steve hatten schon lange bevor die Guerillas in dieser Gegend auftauchten, ihr Leben Gott anvertraut.

Wir möchten Sie wissen lassen, daß Sie mit der Gefangennahme der Diener Gottes dem lebendigen Gott selbst verantwortlich sind, dem Gott der Bibel. Die Missionare vertreten in keiner Weise irgendein politisches Programm, nur das des Königs aller Könige, des Herren aller Herren, des Herrn Jesus Christus.

Durch die Art Ihrer bisherigen Kommunikation wird deutlich, daß Sie Vorurteile gegenüber Missionaren hegen, besonders was ihre Nationalität anbetrifft. Es wäre nicht gerecht, alle Kolumbianer, die im Ausland leben, negativ zu beurteilen, nur weil einige illegalen Geschäften nachgehen. Genauso ungerecht ist es, alle Nordamerikaner, die in

Kolumbien arbeiten, als schlechte Menschen abzustempeln. Tatsache ist, daß die Missionare der New Tribes Mission Bürger vieler Länder sind und als Gäste hier in Kolumbien arbeiten. Unsere internationale Missionsgemeinschaft besteht aus Kolumbianern, Brasilianern, Kanadiern, Philippinos, Australiern, Holländern, Engländern, Nordamerikanern und anderen.

Tim beschäftigte sich mit der sozialen Ökonomie der Puinave. Auf eigene Kosten half er ihnen medizinisch. Selbst Notflüge forderte er an zur Beförderung Schwerkranker. Das Elend solcher Menschen war ihm nie gleichgültig. Nicht im geringsten versuchte er, sie auf irgendeine Weise auszubeuten. Im Gegenteil, sein Leben zeigte Liebe und Opferbereitschaft. Das können die Puinave bestätigen, wenn Sie sie fragen.

Das Leben dieser drei Missionare auszulöschen, würde all Ihren Bemühungen entgegenwirken. Die Öffentlichkeit würde sich auf die Seite der Märtyrer stellen.

Wir tun das Möglichste, diese Situation geheimzuhalten, um Ihnen eine Gelegenheit zu geben, die Geiseln freizulassen. Wir sind überzeugt, daß es eine Lösung geben muß für die schwierigen Umstände in dem schönen Land Kolumbien ohne Blutvergießen von unschuldigen Menschen.

Hochachtungsvoll
New Tribes Mission

Wie sollten die Exemplare des Briefes abgeliefert werden? Die Missionare wußten von der Anwesenheit der Guerillas in Villavicencio, denn die Lösegeldforderung war unter die Tür geschoben worden. Aber wo genau befanden sie sich? Wie sahen sie aus? Einige Freunde der Mission hatten jugendliche Verwandte, die zu den Guerillas gehörten. Aber nie konnte man sie erreichen. Und wenn es möglich wäre, wie lange würden sie per Boot nach Morichal brauchen? Es schien wirklich die einzig richtige Lösung, daß Paul diese Orte überfliegen sollte.

Einer der Mitmissionare nahm Paul beiseite. »Mal ganz

ehrlich, Paul, wie empfindest du es, daß gerade du diese Briefe abwerfen sollst?«

»Ach, weißt du«, sagte Paul, »die Macú-Situation macht mir viel mehr Sorgen als der Gedanke, die Briefe über Morichal abzuwerfen!« Daraus schlossen die Missionare, daß Paul den Mut besaß, diese Aufgabe zu erfüllen.

Rich konnte kaum erwarten, nach La Laguna zurückzukehren, aber die Cessnaflüge waren seit Pauls Flucht eingestellt worden, und JAARS nahm keine Passagiere in diese Gegend mit. Rich lag viel daran, die Macú noch einmal aufzusuchen, um sie über die letzten Ereignisse zu informieren. Er wollte nicht, daß sie in Gefahr gerieten, wenn sie nach La Laguna kämen, um die Missionare zu besuchen. Außerdem sollten sie nicht denken, die Missionare hätten sie freiwillig im Stich gelassen.

So beschloß man, daß Rich Paul auf der geheimen Mission begleiten sollte. Er konnte beim Abwurf der Briefe helfen und in La Laguna abgesetzt werden, wo Larry und Mike warteten. Auf diesem Wege ergab sich für Rich eine Gelegenheit, die Macú aufzusuchen, seine schmerzliche Botschaft auszurichten und Mike beim Packen für die Evakuierung zu helfen.

Ein neues Problem entstand. Da der Flug geheimgehalten werden sollte, mußten sie ein paar Kanister Kraftstoff holen, ohne das Flugzeug zum Flughafen zu bringen. Eine schwierige Aufgabe! Wegen der Kokainindustrie wurde streng darüber gewacht, daß jeder, der Flugbenzin kaufte, genau die Menge, die Person und das Flugziel registrieren ließ. Wie konnte man unter diesen Bedingungen ihre Aktion geheimhalten?

Gerade als die Situation unmöglich aussah, öffnete Gott einen Weg, den sie vorher nie gegangen waren. Ohne Pauls Auftrag preiszugeben, erhielten sie die offizielle Genehmigung, ihre Kanister mit Flugbenzin zu füllen.

Am Morgen des 20. Oktober machte sich Paul mit Rich zusammen auf den Weg, ohne seinen Abflug zu melden. Es waren acht Briefe für Morichal vorbereitet worden und weitere acht für die zweite Landebahn. Der Ort seiner Gefangenschaft lag zu weit entfernt. Jeder Brief befand sich in einer Plastiktüte, beschwert durch eine Kartoffel. Die acht Briefe sollten über jedem Ziel gleichzeitig aus einer offenen Tasche abgeworfen werden.

In Morichal war kein Leben zu entdecken, nicht mal ein Hund zu sehen. Aber die Briefe landeten mitten im Indianerdorf. Am anderen Ort sahen sie Menschen. Hier traf der Abwurf die Mitte der Landebahn. Sie beobachteten, wie jemand hineilte und einen der Briefe griff. Inständig baten sie Gott noch einmal darum, diese Briefe zur Befreiung ihrer drei Mitmissionare zu gebrauchen.

Dann flogen sie nach La Laguna. Paul ließ Rich zurück, plauderte ein wenig mit Mike Gleaves, nahm seinen Sohn Larry mit und flog zur finca zurück. Larry war an Malaria erkrankt und freute sich, nach Hause zu kommen. Auch Paul mußte einige Tage mit Malaria im Bett verbringen. Er dachte an seine erste Nacht im Guerillalager, wo Schwärme von Moskitos das Blut aus seinen Adern gesogen und ihn mit Malaria infiziert hatten.

Rich und Mike machten Pläne für die endgültige Evakuierung. Zwei Flugzeuge der JAARS sollten in drei Tagen kommen. Mike würde die Wertsachen – insbesondere die Sprachausrüstung – und möglichst viele der Haushaltsgegenstände zusammenpacken. Das betraf auch die Habe der Familie Conduff, die sich gerade im Heimataufenthalt befand. Ebenso mußte er auch die Sachen von Andres Jimenez, einem kolumbianischen Mitmissionar, der gerade krank war, packen. Es schien Mike wie ein Berg, die richtige Auswahl zu treffen und das Wichtige vom Unwichtigen zu trennen.

In der Zwischenzeit machte sich Rich auf einem vertrauten Pfad auf die Suche nach den Macú. Nach einer Weile mußte er auf einen anderen Pfad abbiegen, den er zuvor nur mit Macú-Führern betreten hatte. Jetzt war er ohne Führer und allein mit den quälenden Gedanken an die Zukunft der Macú. Bald erreichte er einige Lichtungen, aber sie erschienen ihm fremd. Verwirrt blieb er stehen, schaute besorgt in alle Richtungen und merkte, daß er sich

verirrt hatte. Er begann zu schwitzen und versuchte angestrengt, den richtigen Weg zu finden. Dabei verirrte er sich
noch mehr. Das war für Rich fast ebenso erschreckend wie
der Überfall der Guerillas für Steve und Paul an der Landebahn in Morichal. Zweimal blieb er stehen, betete, wartete,
horchte. Der Urwald barg viele Gefahren, und immer
mußte man nach feindlichen Indianern Ausschau halten.
Noch einmal betete er inständig zu Gott und befahl sich
seiner Führung an.

Immer noch irrte er umher, getrieben von Angst und
Ungewißheit. Jetzt kam er zu einem großen Baum, betrachtete ihn von allen Seiten und erkannte ihn wieder.
Endlich wußte er, wo er war! Schnellen Schrittes erreichte
er den Lagerplatz. Enttäuscht blickte er sich um – niemand
schien zu Hause zu sein. Sechs Stunden waren inzwischen
verstrichen, aber er ging weiter. Er mußte sie finden. Plötzlich vernahm er ein Geräusch. Erschreckt blieb er stehen.
Alles war still. Nur die Affen gaben sich lärmend und plap-
pernd ein Stelldichein. Da, hinter einem Busch, erkannte
er ein bemaltes, rotes Gesicht und ein Blasrohr. Rich erstarrte.

»Wer bist du?« fragte er nach einer Weile in der Macú-
Sprache. Dann fügte er hinzu: »Ich bin Minicaro (ihre Fassung von Ricardo).«

Keine Antwort.

»Bist du vielleicht Wayneda?« fragte Rich.

»Nein!« antwortete der andere und trat aus dem
Strauch hervor. Es war einer seiner guten Freunde! Erleichtert atmete Rich auf.

»Was machst du hier?« wollte der Indianer wissen. »Bist
du den Pfad allein gegangen? Wie bist du hierher gekommen?«

So gut er konnte, erklärte ihm Rich in der Indianerspra-
che, daß er sich verlaufen hatte. Er erzählte ihm auch, wie
er in seiner Not zu seinem Vater im Himmel gebetet hatte.
Gott hatte sein Gebet erhört, ihn aus den Irrwegen des
Dschungels herausgeführt und auf den richtigen Weg gebracht. Mit großer Freude folgte Rich seinem Freund zum

Stamm, der in diesen Tagen weit weg vom Pfad lebte, wo Rich ihn nie gefunden hätte. Abends, beim flackernden Feuer, sprach Rich mit den Indianern über sein Anliegen. Er erzählte ihnen von den Geschehnissen der vergangenen Tage und staunte nicht wenig, mit welchem Verständnis die Indianer ihm zuhörten. Seit Jahren hatten sie Verwandte an »unfreundliche Menschen mit Kleidern« verloren. Sie erzählten ihm, wie verwirrt sie waren, als Pauls Flugzeug sie auf dem Rückflug von Morichal am 5. Oktober nach dem Luftabwurf nicht wie sonst überflogen hatte. Mit Larry und Rich zusammen hatten sie den Abwurf auf der Lichtung beobachtet, wo sie ein fettes Wildschwein zum Mittagessen vorbereiteten. Sie waren genauso aufgeregt wie Larry und Rich über den Inhalt des Pakets: Post von zu Hause und Leckerbissen – welch eine Freude!

Todmüde, mit tiefer Dankbarkeit im Herzen, schlief Rich ein.

Am nächsten Morgen begleiteten zwölf Indianer Rich nach La Laguna zurück, um Sachen abzuholen, die Mike und Rich austeilen wollten. Es handelte sich um Lebensmittel und andere Gebrauchsgegenstände, die die Missionare bei der Evakuierung nicht mitnehmen konnten.

Nur schweren Herzens ließen die Macú die Missionare ziehen, obwohl sie wußten, wie gefährlich es in der Gegend von La Laguna war. Oft genug hatten ihnen Kokainpflanzer einen Schrecken eingejagt. Immer wieder beteuerten sie Rich und Mike: »Wir werden euch vermissen, bestimmt werden wir euch vermissen.« Sie gehörten zusammen, die Missionare und die Indianer, wie eine große Familie. Wie sehr schmerzte es Rich und Mike, daß sie die Botschaft von der Liebe Gottes in der Macú-Sprache bisher nur so unvollkommen ausdrücken konnten!

Als die Flugzeuge zur Evakuierung der Missionare kamen, flog Rich mit der ersten Ladung hinaus. Mike und der Pilot hatten das Flugzeug für den letzten Flug gerade zur Hälfte geladen, als sie in der Ferne das Tuckern eines Motorbootes hörten. Sie vernahmen deutlich, wie es sich auf ihrem kleinen Fluß in Richtung La Laguna näherte. Erschrocken sahen sie einander an. Guerillas! Wer außer Guerillas könnte es sonst sein? Zum Glück würde das Boot mehr als eine Stunde brauchen, um sie zu erreichen. Dankbar blickten sie auf zu Gott, daß sie gerade jetzt im Begriff waren wegzufliegen. Sie verzichteten auf den Rest ihrer Sachen und zogen es vor, das Feld zu räumen.

Doch vor dem Start blieb das halbbeladene Flugzeug im Schlamm stecken. Mike und der Pilot versuchten verzweifelt, die Räder vom zähen Schlamm zu befreien. Sie schoben, zogen und gruben schließlich fast eine Stunde um das tief im Schlamm steckende Rad herum. Immer näher kamen die Motorengeräusche des fremden Bootes – gefährlich nahe! Je nach der Flußbiegung schwollen sie an oder wurden leiser. Fieberhaft arbeiteten die Männer im Wettlauf mit der Zeit.

Endlich geschafft – die Maschine startete. Mike warf einen wehmütigen Blick durch das Fenster und sah, wie durch die Wucht der Propeller viele Gegenstände in die Büsche zerstreut wurden – Dinge, die ihm früher einmal viel bedeutet hatten. Aber wie unwesentlich erschienen ihm jetzt alle materiellen Dinge.

Der Flugzeugmotor übertönte jetzt das bedrohliche Brummen des Motorbootes. Es verhieß mit Sicherheit nichts Gutes. Die Maschine hob etwas unsanft von der Erde ab und schwebte bald über den Wipfeln des endlosen Urwalds.

12. Hoffnung in der Hoffnungslosigkeit

Am ersten Sonntag, den der Vogelchor eröffnet hatte, zog ein anderes Geräusch die Aufmerksamkeit von Tim, Bunny und Steve auf sich: ein Flugzeug, direkt über ihnen. Steve meinte sofort, es höre sich unverkennbar wie die Cessna der Mission an.

Was bedeutete das? Wenn es tatsächlich Paul war, würde er mit Sicherheit nicht landen. Das Flugzeug entfernte sich bald wieder und ließ sie allein mit ihren Fragen und Ängsten.

Am folgenden Tag kehrte »Professor« von einer Fahrt nach Morichal zurück und begann, die drei wieder mit Fragen zu überhäufen.

»Was hat man euch gesagt, als ihr zuerst gefangengenommen wurdet?«

»Nun«, erwiderte Tim, etwas gelangweilt über die Fragen, »sie stellten sich uns als F.A.R.C. vor.«

»Wirklich? Sie sagten euch nicht, sie wären von der Ricardo-Franco-Gruppe?«

»Nein«, Steve schaltete sich ein. »Ricardo-Franco-Gruppe? Nie etwas davon gehört. Sie sagten: ›Ihr seid von der F.A.R.C. festgenommen worden.‹«

»Wie setzt eure Mission das Flugzeug ein, um den Indianern zu helfen?«

Steve versuchte, diese Frage anhand von Beispielen zu beantworten, die er während seiner Flüge mit Paul in den vergangenen drei Monaten erlebt hatte. Er erzählte dem »Professor« von Einsätzen, die deutlich machten, wie sie den Indianern halfen.

»Und was lehrt ihr die Indianer wirklich?«

Diese Frage bereitete Tim keine Probleme, war er es doch gewohnt, in seinem Unterricht Wahrheiten der Heiligen Schrift zu erklären. Aber warum wärmte »Professor« diese alten Fragen schon wieder auf?

Der Kommandant zeigte sich zufrieden – als ob die drei eine Prüfung bestanden hätten. Er langte in seine Tasche und zog einen Briefumschlag hervor.

»Da, seht ihn euch genau an! Dieser Brief«, sagte er langsam und bedeutsam, »ist vom Hauptquartier eurer Mission an die F.A.R.C. gerichtet. Wie euch sicher auffällt, steht oben auf dem Brief dreimal ›DRINGEND DRINGEND DRINGEND‹, vermutlich weil ihr drei Leute seid.« Er hielt inne, als ob er seine Worte wirken lassen wollte. Aus irgendeinem Grund beeindruckte ihn dieser Brief stark. Dann händigte er ihn Tim aus.

»Lies ihn vor!« befahl er.

Tim gehorchte. Gespannt hörten Bunny und Steve zu. Dieser Brief enthielt den gleichen Inhalt wie die Antworten, die sie »Professor« gerade gegeben hatten. Er bestätigte ihre Aussage, daß das Flugzeug oft dazu verwendet würde, den Indianern zu helfen.

Der ganze Brief – die Freundlichkeit und Wahrheit der Worte – ermutigte die drei Gefangenen sehr. Hier hatten die Guerillas etwas in Händen, was sie glauben konnten. Zwischen den Zeilen erkannten sie Liebe und Fürsorge, und sie wußten, daß viele Menschen für sie beteten.

Überwältigt von Gottes Treue und Liebe, beteten sie an diesem Abend: »Ach, Herr, danke für deine Liebe. Danke für die Gebete unserer Lieben. Wir bitten dich, daß du jedem hilfst, mit dieser Situation fertigzuwerden und dir näherzukommen. Vollende deinen Willen an uns, damit dir allein die Ehre gegeben wird.«

Am folgenden Tag kam Brass mit seiner Begleiterin auf Bunny zu. Was hatten sie mit ihr vor?

»Vamos, señora«, sagten sie. »Du kommst mit uns.«

Bunny wurde nervös und war verunsichert. Die Guerillas fügten hinzu: »Möchtest du deine Familie besuchen?« Schon seit einiger Zeit nannten sie die Puinave Cains »Familie«. Auch über Funk hörte sich diese Bezeichnung ohne Zweifel gut an.

Bunny spürte, daß sie es ernst meinten, und zögerte nicht. »Klar!« erwiderte sie. Tim und Steve waren enttäuscht, daß die Einladung nicht auch ihnen galt.

»Wir werden dich ins Dorf bringen. Sie meinen, ihr seid tot, aber wir wollen ihnen zeigen, daß ihr am Leben seid. Also, gehen wir!«

Als das Boot in Morichal ankam, fanden sie zu ihrer großen Enttäuschung nur zwei Familien und ein paar Leute vor. Die anderen waren weggezogen und hatten nicht vor wiederzukommen.

Bunny hielt sich zurück und achtete streng auf die Befehle der Guerillas. »Geh und begrüße deine Leute!« forderte die Guerilla-Frau sie auf.

Das brauchte man Bunny nicht zweimal zu sagen! Aber die Guerillas gingen mit. Bunny durfte ihre Freunde nicht allein besuchen. Alles, was sie in Puinave sagte, mußte für die Guerillas übersetzt werden. Sie selber sprachen die Indianer auf Spanisch an, stellten jedoch fest, daß sie nicht verstanden wurden. So mußte Bunny die Erklärungen der Guerillas in Puinave übersetzen.

»Sag diesen Leuten, daß ihr noch im Urwald seid, weil die Friedenskommission noch nicht angekommen ist. Erst dann können wir euch euren Leuten ausliefern. Sag ihnen, daß es euch gut geht.« Bunny hatte keine Ahnung, was hinter dem Begriff »Friedenskommission« steckte, und mit Sicherheit wußten es die Puinave auch nicht. Aber sie tat ihr Bestes, richtig zu übersetzen, auch wenn sie Puinave nicht sehr fließend sprach.

Jetzt wandten sich die Guerillas an einen der Männer und befahlen: »Fahr flußabwärts und hol die anderen vom Dorf. Sag deinen Leuten, wenn sie kommen, werden wir die beiden anderen Ausländer auch holen. Sag eurem Chef, er soll kommen, denn seine Freunde sind am Leben. Wir haben ihnen kein Haar gekrümmt. Sie leben einfach im Urwald, und es geht ihnen gut.«

Die Puinave erklärten, warum die meisten der Gruppe weggegangen waren. »Wir konnten es ohne euch einfach nicht aushalten«, sagten sie. »Die meisten unserer Leute fuhren stromabwärts, um das Abendmahl mit den Gläubigen dort zu feiern.«

Hell begeistert von ihrem Besuch bei den Puinave kehrte Bunny abends ins Guerillalager zurück. Sie ermutigte Tim und Steve sehr mit all den Neuigkeiten, die sie mitbrachte. Ihre Begleiter hatten ihr auch erlaubt, einige Dinge mitzunehmen, die ihnen im Lager nützlich wären, unter anderem Tims kleine Ukulele. Wieviel bedeuteten den Gefangenen diese Sachen von zu Hause! Ein unermeßlicher Reichtum, nachdem sie sich daran gewöhnt hatten, ohne sie auszukommen!

Am Abend hörte Tim eine spanische Radiosendung. Plötzlich öffneten sich seine Augen weit. Er vernahm seinen eigenen Namen. Der Nachrichtensprecher meldete, daß Guerillas drei Missionare festhielten und für Bunny 20 Millionen Pesos (etwa DM 250.000) verlangten. Unglaublich!

Fassungslos rief er dem »Professor« zu: »Hey! Was ist denn das?« Er wiederholte, was er gerade gehört hatte. »Sagtet ihr nicht, daß ihr kein Lösegeld für uns fordert?«

»Ach, wirklich? Sagten wir so etwas? Macht euch keine Sorgen. Wahrscheinlich handelt es sich um irgendeine Gruppe, die eure Situation ausnutzen will. Vergeßt nicht, daß ihr nicht von der F.A.R.C. entführt worden seid. Ihr seid von uns in Gewahrsam genommen worden zu eurer eigenen Sicherheit.«

Nun verstanden Tim und die beiden anderen gar nichts mehr. Was sollten sie glauben? Sie entschlossen sich, »Professor« beim Wort zu nehmen. Bewies er nicht, daß man ihm trauen konnte? Verbesserte sich ihre Behandlung nicht zusehends, nachdem die Nachricht von Pauls Ankunft auf der finca eingetroffen war? Also verbannten sie den Gedanken an eine Lösegeldforderung.

Am 25. Oktober hatte es den Anschein, daß die Guerillas die strenge Bewachung aufgeben wollten. Acht von ihnen packten ihre Sachen und verschwanden zu irgendeinem anderen Auftrag. Die verbleibenden vier Guerillas brachten die drei zu Besuch nach Morichal.

Seit Bunnys Besuch waren mehrere Häuptlinge zurückgekehrt. Sie verlangten, alle drei Missionare zu sehen. Alberto und Chico warteten auf sie sowie zwei Häuptlinge aus einem anderen Dorf – alles Männer, deren Leben durch Tims Dienst verändert worden war.

Alberto erklärte Tim, warum er das Dorf verlassen hatte: »Ich bekam keinen Bissen mehr herunter, wenn ich an euch dachte und daran, wie euch diese Leute behandeln.«

Welch ein Geschenk war dieses Wiedersehen! Sie setzten sich im Kreis zusammen und erzählten, bis sie das Wichtigste voneinander wußten. Tims Augen strahlten, und in seinem Herzen jubelte es, als er hörte, daß sie sich regelmäßig versammelten. Sie gaben weiter, was sie gelehrt worden waren. Mit großer Treue baten sie Gott um Befreiung der Gefangenen.

»Ihr werdet bestimmt freikommen«, versicherte Alberto. »Wir haben doch so für euch gebetet!«

Alberto berichtete vom Geschehen an dem Tag, als die Armee in Morichal gelandet war, nachdem die Guerillas mit den Missionaren das Dorf geräumt hatten.

»Es waren eine Menge Soldaten«, sagte er. »Sie fragten, ob wir euch kennen, und wir sagten: ›Ja, klar!‹ Sie wollten wissen, wo ihr seid. Wir aber hatten keine Ahnung. Wir konnten ihnen nur erzählen, was wir wußten. Dann blieben fünfundzwanzig Soldaten über Nacht hier und flogen am nächsten Tag mit einem großen Flugzeug davon.«

Das Spionagenetz der Guerillas funktionierte offenbar gut. Mit Sicherheit hatten sie vom Kommen der Armee gehört. Daraufhin mußten die Guerillas handeln und ihre Geiseln auf dem schnellsten Weg aus dem Dorf bringen. Tim, Bunny und Steve dankten Gott, daß es ihretwegen nicht zu einer Konfrontation zwischen Armee und Guerillas gekommen war und kein Blut vergossen wurde.

Die Häuptlinge verlangten nun ein Treffen mit den Guerillas und forderten mit lauter, eindrücklicher Stimme die Befreiung der Missionare. Die Guerillas fragten einen von ihnen, Francisco, warum er die Missionare so achtete. Francisco zögerte mit seiner Antwort nicht: »Sie haben viel für uns getan! Sie geben uns Medizin, wenn wir krank sind. Sie bringen uns wichtige Dinge, die wir brauchen, mit dem Flugzeug aus der Stadt. Und im letzten Monat, als ich im Sterben lag, brachten sie mich ins Krankenhaus und verlangten nicht einen Peso dafür! Und Timoteo, ja, auch das ist wichtig, lehrt uns das Wort Gottes!«

Tim und Bunny erfuhren nur einen Teil dessen, was bei diesem Treffen geredet wurde. Auf jeden Fall endete es damit, daß die Guerillas den Indianern versicherten, den Missionaren würde nichts passieren.

In der Zwischenzeit genossen die anderen Puinave ihre Freiheit, mit den dreien zu reden. Mit großen Augen und lachenden Gesichtern schauten sie sie immer wieder an, und mit echter Fürsorge erkundigten sie sich: »Haben sie euch auch bestimmt nicht geschlagen? Haben sie euch gezwungen, für sie zu arbeiten? Haben sie euch zu essen gegeben? Geht es euch wirklich gut?«

Tim und Bunny versicherten ihnen, sie wären gesund und nicht mißhandelt worden.

Chichos Sohn, Mario, versuchte, die Gefühle der Dorfbewohner zu beschreiben, nachdem man die drei in den Urwald verschleppt hatte: »Es war, als ob eines unserer Kinder gestorben wäre. Wir gingen im Dorf umher und suchten nach jemandem, der uns tröstet. Aber niemand konnte uns trösten, weil jeder selbst trauerte. Uns fehlte die Lust zu essen. Wir gingen an eurem leeren Haus vorbei und fühlten uns so traurig! Niemand wollte fischen gehen. die Frauen hatten keine Lust, im Garten zu arbeiten. So entschlossen wir uns, zu Francesco flußabwärts zu fahren, um von hier wegzukommen.«

Tim spürte einen großen Kloß in seinem Hals. Er konnte nicht antworten. Daß sie ihre Liebe zu den Missionaren mit der Liebe zu ihren Kindern verglichen, das war zuviel! Seine Augen füllten sich mit Tränen. Er hatte nicht gewußt, wie sehr sie sich wirklich um sie sorgten.

Bevor die Missionare und die Puinave an diesem Tag auseinandergingen, machten sie Pläne, wie sie in Zukunft in Verbindung bleiben wollten. Zunächst einmal versprach Tim eine bestimmte Botschaft über einen Lokalsender, den viele Puinave hörten. Dann besprachen sie, wie sie in Zukunft miteinander in Verbindung bleiben könnten. »Ganz einfach«, meinte Alberto, »wenn ihr zu uns zurückkommen könnt, gebt uns einfach Bescheid, und wir werden hierher ziehen. Wenn das nicht geht, sagt uns, wo wir hin sollen, und wir werden unser Dorf dort aufbauen.« Ein Morichal ohne Cains bedeutete ihnen nichts.

Nachdem die Missionare und die Guerillas Morichal verlassen hatten, verhielt sich »Professor« eigenartig schweigsam. Das Verhältnis zwischen den Cains und den Puinave beeindruckte ihn zutiefst. Offensichtlich hatte er noch nie eine solche Zuneigung gesehen. Am nächsten

Morgen ging er unsicheren Schrittes auf den »Kokon« zu. Er mußte das Geheimnis herausfinden. Warum liebten die Indianer die Missionare so sehr?

»Wie macht ihr das?« fragte er Tim.

Tim fiel es schwer, es mit Worten auszudrücken: »Fragt sie doch lieber selber«, meinte er.

Später am Abend stellte Tim das Radio auf die »Voice of America«, die »Stimme Amerikas«, ein. Wie genoß er seinen kleinen Kontakt zur Außenwelt! Plötzlich hörte er von drei amerikanischen Missionaren, die sich in den Händen der Guerillas befanden, dann ihre eigenen Namen. Darauf folgte eine Nachricht, die die drei fast umwarf. Es hieß, daß die Mission der Lösegeldforderung von 131.000 Dollar für die Befreiung Bunny Cains, die sich in »schlechtem gesundheitlichem Zustand« befand, nachgekommen wäre.

Was für eine Enttäuschung nach all den Versprechen und positiven Entwicklungen, nach der deutlichen Zusage, daß sie der Friedenskommission übergeben werden sollten! Die drei konnten nicht wissen, daß die Medien erst jetzt die Nachricht von der Lösegeldforderung vom 9. Oktober erhalten hatten.

Bunnys Hoffnungen, bald ihre Töchter und alle ihre Lieben wiederzusehen, wurden mit einem Schlag zunichte gemacht. »Herr, ich verstehe das alles nicht!« Es schien, als ob die Lebenskraft von ihr wich. Sie neigte den Kopf und schluchzte leise, damit die Männer es nicht hörten.

Auch Tims Hoffnungen zerplatzten wie eine Seifenblase. Gelogen hatten sie, kaltblütig gelogen! Und ihre Hoffnungen geschürt, damit sie keinen Fluchtversuch unternahmen! »Es ist aus! Wir werden hier nicht mehr lebendig herauskommen«, war Tims erste Reaktion.

Obwohl Bunny einen schmerzlichen Tiefpunkt erreichte, erinnerte sie sich bald daran, daß Gott immer noch alles in seiner Hand hielt. Er würde ihr in Treue zur Seite stehen, ganz gleich, wie die Sache ausging. Allein und im gemeinsamen Gebet am Abend wandten sie sich an Gott. Alles würde er zu ihrem Besten lenken: »Denen, die Gott lieben, müssen alle Dinge zum Besten dienen.«

Leise fügte sie hinzu: »Herr, laß uns in dir ruhen. Und halte alles und uns selber in deiner Hand. Hilf unseren Familien, mit dieser Nachricht fertigzuwerden. O Gott, dir sei Ehre!«

13. O Gott, dir sei Ehre!

Bald nachdem Paul die Briefe an die Guerillas abgeworfen hatte, hielt es die Missionsleitung für angeraten, einige Kopien nach Bogotá zu überbringen. Sie wollten sie persönlich den zwölf Männern der Friedenskommission überreichen, die die Angelegenheit zwischen der Regierung und den Terroristen regelten. Sicherlich wären diese Männer in der Lage, die F.A.R.C. zur Freilassung von Steve, Tim und Bunny zu überreden.

Aber dieses Ziel zu erreichen, war mit viel mehr Schwierigkeiten verbunden, als die Missionsleitung sich vorgestellt hatte. Sie wußten weder, an wen sie sich wenden, noch was sie tun sollten. Jeder Plan, den sie ausarbeiteten, schien undurchführbar. Manchmal saßen sie einfach in Büros und warteten vergeblich auf einen Fortschritt. Sie telefonierten hin und her und kamen doch zu keiner Lösung. Ein Hindernis nach dem anderen stellte sich ihnen in den Weg. Die Schlüsselperson für die Befreiungsaktion befand sich nicht im Lande, ein anderer war im Urlaub. Ein dritter erteilte Ratschläge, die allem bisher Gehörten widersprachen. So blieb ihnen nichts anderes, als auf Gottes Hilfe zu warten und einen Schritt nach dem anderen zu tun.

Eine gewisse Müdigkeit machte sich bemerkbar. Organisationen, die anfangs begeistert ihre Hilfe zugesagt hatten, verstummten.

So entschied die Mission, daß es jetzt an der Zeit wäre, die Nachricht über das Geiseldrama an die Öffentlichkeit zu bringen. Dadurch würden die Befehlshaber der Guerillas von der Situation der Geiseln erfahren und hoffentlich etwas zu ihrer Befreiung unternehmen.

Sobald die kolumbianischen Medien die Nachricht bekanntgegeben hatten, drängten einige Stellen die F.A.R.C., die Geiseln freizulassen. Sogar der Chef der kommunistischen Partei rief dazu im Fernsehen auf. Aber noch gab es keine Anzeichen für ihre Freilassung.

Die beiden Missionare Duane und Mel kehrten in die Vereinigten Staaten zurück. Mel übernahm die Aufgabe, vom Hauptquartier in Sanford aus die Nachricht an die Medien zu verbreiten. Er rief Leute in verschiedenen Bundesstaaten dazu auf, an ihre Senatoren zu schreiben. Viele Senatoren reagierten sofort und nahmen mit dem Außenministerium Verbindung auf. Dieses forderte die amerikanische Botschaft auf, bei entsprechenden kolumbianischen Stellen zu intervenieren. Es war wichtig, die Sache nicht einschlafen zu lassen. Jede Bemühung lohnte sich.

Als die Geschichte in den Vereinigten Staaten bekannt wurde, schlossen sich immer mehr Gläubige im Gebet zusammen. Hunderten, vielleicht sogar Tausenden, auch solchen, die die New Tribes Mission bisher nicht kannten, schon gar nicht ihre Missionare, wurde es besonders wichtig, für die drei Geiseln zu beten. Etwa 1.500 Menschen auf einer Missionskonferenz des Moody-Bibelinstituts begannen ihre Versammlungen mit dem Gebet für die Sicherheit der drei Missionare. Die Berichterstattung im Fernsehen, im Radio und in den Zeitungen rüttelte Christen im ganzen Land auf und machte ihnen die Notwendigkeit des Gebets bewußt. Die Mission setzte ihre Verhandlungen mit der Friedenskommission fort. Schließlich waren sie verantwortlich, dafür zu sorgen, daß sich die F.A.R.C. an ihren Friedensvertrag hielt. Es wäre einfach gewesen, aufzugeben und zu sagen: »Der Herr streitet für uns!« Gewiß tut er das, aber Gott drängte sie, jede Möglichkeit auszuschöpfen und nichts unversucht zu lassen, um Druck auf die Guerillas auszuüben.

Ein einflußreicher Mann in Kolumbien schien dazu geneigt, sich herauszuhalten. Während er sich von den wartenden Missionaren fernhielt, klingelte das Telefon in seinem Büro. Nach diesem Anruf veränderte sich seine Haltung.

Er suchte die Missionare auf, setzte sich zu ihnen und sagte: »Das war ein Freund von mir und von Ihnen. Er will, daß ich alles tue, was in meiner Macht steht, um ihnen zu helfen. Nun, was kann ich für Sie tun?« Von da an gebrauchte dieser Mann seinen Einfluß, um den Guerillas klarzumachen, daß sie einen schwerwiegenden Fehler begangen hatten.

In der unerträglichen, feuchten Hitze des Urwalds lebten Steve, Tim und Bunny zwischen Hoffnung und Enttäuschung. Sie hörten in den Nachrichten, daß sie der Friedenskommission ausgeliefert werden sollten, aber sie wagten nicht, sich zu große Hoffnungen zu machen. Eins wußten sie: sie waren nicht der Willkür der Menschen preisgegeben, sondern wußten sich geborgen in Gottes Hand. Sein Friede blieb ihnen gewiß, ob im Leben oder im Tod.

Drei Abende nach der Bestätigung der Nachricht, daß ein Lösegeld für Bunny gefordert worden war, lag Tim wach im »Kokon«. Obwohl seine Lage nicht zuließ, daß er sich hin- und herwarf, wie er es sonst tat, wenn Dinge ihn plagten, drehte er ein wenig an den Knöpfen des Radios. Plötzlich erregte ein Berichterstatter der »Voice of America« seine Aufmerksamkeit:

»Zu einem Interview steht uns Mel Wyma von der New Tribes Mission zur Verfügung:

Mr. Wyma, wo befinden sich die engsten Angehörigen der Geiseln?«

Mels Stimme klang laut und deutlich: »Wir haben die Familie Estelle und die beiden Töchter der Cains in die Vereinigten Staaten zurückgeflogen.«

»Ist ein Lösegeld gefordert worden?«

»Ja, schon. Aber wir können es nicht zahlen.«

»Stimmt es, daß einer der Piloten mit dem Flugzeug entkam?«

»Ja, es stimmt. Sowohl er als auch das Flugzeug befinden sich in Sicherheit.«

»Was unternimmt die Mission, um die anderen zu retten?«

»Nun, wir arbeiten mit der Friedenskommission in Kolumbien zusammen, und es sieht hoffnungsvoll aus.«

Auf einmal waren alle drei unter ihrem Moskitonetz hellwach. Mels Stimme und seine Meinung über die Entwicklung der Dinge zu hören, ermutigte sie und machte ihnen neue Hoffnung. Seine Antwort bezüglich der Lösegeldforderung diente zur Bestätigung dessen, was sie bereits wußten. Und die Nachricht über ihre Familien nahm ihnen eine große Last. Sie konnten sicher sein, daß man sich gut um ihre Lieben kümmerte. Ihre Kinder in Sicherheit zu wissen, ließ sie erleichtert aufatmen. Bunny meinte lächelnd, daß die Frage des Reporters nach ihren Familien auch zu den »kleinen Wundern« gehörte, die Gott ihretwegen tat.

Am letzten Tag im Oktober wurden Steve, Tim und Bunny nach Morichal gebracht. Dort sollten sie auf ein Flugzeug warten, das sie abholen würde. Mit wachsender Spannung erfuhren sie, daß die Guerillas mitfliegen sollten. Im Augenblick ging es ihnen gut. In Cains Haus zu wohnen, war angenehmer als im engen »Kokon« im Urwald. Außerdem besuchten Alberto und andere sie oft und sprachen ihnen im festen Glauben, daß Gott sie bald befreien würde, Mut zu.

Die erste Nacht verging. Warten, Hoffen – kein Flugzeug.

Die zweite Nacht verging. Wieder kein Flugzeug.

Nach sechs bangen, nervenzerreibenden Nächten im Dorf wurden die drei in den Urwald zurückbeordert und mußten in einem Guerillalager in der Nähe der Landebahn übernachten. Es war eine schreckliche Nacht! Wie vermißten sie den »Kokon«! Sie erhielten zwar die Hängematten der Cains, aber keine Moskitonetze. Wegen der Scharen von Moskitos konnte Bunny kein Auge zutun, und den Männern erging es auch nicht viel besser. Sehnsüchtig erwarteten sie den neuen Morgen. Endlich durchbrach das Sonnenlicht die Dunkelheit der Nacht, aber auch der Not und Trostlosigkeit

Am Morgen erkundigte »Professor« sich über Funk, ob

das Flugzeug unterwegs wäre. Die Stimme am anderen Ende klang feindselig.

»Wenn das Flugzeug kommt, werde ich euch Bescheid geben!« brüllte sie.

Der Lagerkoch richtete ein frühes Mittagessen und gab der Gruppe um 11 Uhr ihre Verpflegung. Wieder ertönte eine Stimme über Funk: »Ist das Flugzeug immer noch nicht da?« In diesem Augenblick vernahmen sie Motorengeräusche. Die Maschine kam tatsächlich, um sie abzuholen!

Die Guerillas drängten ihre Geiseln, so viel mitzunehmen, wie sie konnten. In großer Eile stopften sie die Sachen in ihre beiden Koffer, und die Wächter führten sie im Laufschritt zur Landebahn. In der Hektik vergaßen sie, daß sich viele Wertgegenstände noch in Cains Haus befanden, während sie sich mit ihrem Bettzeug und ein paar Kleidern abschleppten! Am unteren Ende einer Steigung, die zur Landebahn führte, wurden sie angehalten. Die Wächter benutzten zwei T-Shirts als Augenbinde für die Männer und reichten Bunny ein rotes Halstuch, damit auch sie ihre Augen verbinden konnte. Von dort wurden sie zu einem kleinen zweimotorigen Flugzeug am anderen Ende der Landebahn geführt. Man gab ihnen keine Erklärung, aber es wurde deutlich, daß sie weder das Flugzeug noch den Piloten sehen sollten. Sie wußten nicht einmal, ob »Professor« auch einstieg.

Die Guerillas saßen mit ihnen auf dem Boden des Frachtflugzeugs. Wenn die drei sich zurücklehnten, stach ein Gewehr unvermeidlich in ihren Rücken. Sie flogen etwa zwei Stunden und schienen zur Landung viel Zeit zu brauchen. Dann führten zwei Guerillas die Gefangenen zu einigen hohen Büschen außer Sichtweite des Flugzeugs. Erst dann durften sie die Augenbinden entfernen. Die Guerillas drängten sie hastig den Abhang zum Fluß hinunter. Als das Boot endlich erschien, ließ man sie wieder warten.

Bange Minuten verstrichen wie endlose Stunden. Quälende Ungewißheit, schlimmer als die sengende Sonne.

Jetzt tauchte der Bootsführer auf. Sechs Menschen

drängten sich in das kleine Schnellboot: der Führer, zwei Wächter und die drei Geiseln.

Als sie vom Ufer abgestoßen waren, versuchten sie, den Motor anzulassen. Kein Ton. Das Boot trieb einfach flußabwärts. Ein Wächter rief zum Ufer um Hilfe, aber so sehr man sich auch bemühte, der Motor sprang nicht an. Sie mußten anlegen, und es ging den Pfad zurück zur Landebahn. Diesmal durften die drei ohne Augenbinde die Landebahn betreten, da das Flugzeug gleich nach der Landung wieder gestartet war. Aber kurz vor dem Ende der Landebahn hielt man sie erneut an.

»Es ist nicht gut, wenn ihr alles mitbekommt«, sagten die Wächter und verbanden ihnen wieder die Augen.

Die Missionare konnten nicht ahnen, daß sie sich auf genau derselben Landebahn aufhielten, von der Paul seine Flucht unternommen hatte. Mit verbundenen Augen gingen sie auf dem kleinen Seitenweg, auf dem die Cessna versteckt war. Da sein Führer nicht gut auf seinen Schützling aufpaßte, stieß Steve einige Male heftig gegen Büsche und Bäume, die den kleinen Pfad, der zum Lager führte, säumten. Bunny und Tims Führer achtete besser auf seine Gefangenen.

Nachdem sie einen Teil des Pfades zurückgelegt hatten, wurden ihnen die Augenbinden abgenommen, und sie konnten ins Lager gehen.

Tim, Bunny und Steve staunten nicht wenig, als man ihnen eröffnete, daß Paul in diesem Lager festgehalten worden war.

»Dort hat Captain Pablo geschlafen«, sagten die Guerillas zu Steve und zeigten ihm Pauls Bett aus Brettern, die auf Tonnen gelegt waren – immer noch bezogen. »Hier kannst du schlafen.« Erst später fiel ihm auf, daß einer der Wächter Pauls Ledertasche trug.

Ein Guerilla führte die Cains direkt zu seinem eigenen Schutzdach, räumte seine Sachen weg und überließ Tim und Bunny sein Bett. Welch eine freundliche Geste! Das Bett war zwar eng, aber immer noch geräumiger und luftiger als der »Kokon«.

Am nächsten Morgen wurden die drei frühzeitig zum Fluß gebracht. Dort wartete »Professor«, den sie zuletzt in Morichal gesehen hatten. Mit ihm, einem Wächter und dem Bootsführer fuhren sie mit dem Schnellboot vom Anlegeplatz des Lagers ab. Die nächsten sechs Stunden ging es flußabwärts. Schließlich bogen sie in einen kleinen Fluß ein, wo überhängende Zweige Schutz vor der Sonne boten. Sie hielten bei einer kleinen Farm, die aus einem Haus und einem Geschäft bestand, wo es Limonade, Bier, Kekse und Wiener Würstchen zu kaufen gab. Die Guerillas schienen den Ort gut zu kennen.

»Wir werden hier warten und etwas trinken«, sagten ihnen die Wächter, während sie vorsichtig aus dem kleinen Boot stiegen.

Die Limonade war höchst willkommen. Sogar richtige Wiener Würstchen bekamen sie, und das mitten im Urwald!

Etwa eine halbe Stunde lang saßen Steve, Tim und Bunny erwartungsvoll mit den Guerillas zusammen. Dann brauste ein Schnellboot heran mit der Nachricht, daß sich die Friedenskommission tatsächlich auf dem Weg zu ihnen befand. Die Reaktion auf diese Nachricht war erstaunlich, um nicht zu sagen lustig. Die Guerillas, die ihre großen Gewehre zurückgelassen und bei der Bootsfahrt nur Pistolen getragen hatten, suchten eiligst einen Platz, um auch diese Waffen zu verstecken. Auch das Kokain, das einige mit sich trugen, mußte schnellstens in Sicherheit gebracht werden.

»Professor« schritt auf die drei Missionare zu und erklärte ihnen den Grund ihres Hierseins. Fast feierlich kündigte er ihnen an, daß sie der Friedenskommission übergeben und freigelassen würden, um zu ihren Familien zurückzukehren.

Steve, Tim und Bunny schauten einander an. Durften sie sich freuen? Konnten sie den Worten des »Professors« trauen? Erst wollten sie die Friedenskommission mit ihren eigenen Augen sehen! Waren aus Tagen nicht Wochen geworden, seitdem man ihnen zum ersten Mal ihre Freilassung angekündigt hatte? Aber immerhin geschah etwas, was ihre Hoffnung wachsen ließ.

Innerhalb einer Stunde legte ein großes Motorboot an, das kaum in den kleinen Fluß hineinpaßte. Die Besatzung bestand aus drei Mitgliedern der Friedenskommission und vier Mitgliedern einer Unterkommission – drei Männer aus der nächsten größeren Stadt und ein Reporter einer kommunistischen Zeitung.

Wie unter Freunden schüttelte man sich zum Gruß die Hände. Dann kamen die Besucher zur Sache. »Wo ist die alte, kranke Dame?« fragten sie und sahen sich um.

Die einzige Dame war Bunny, aber sie sah weder alt noch krank aus. Wie sich herausstellte, hatten die Guerillas ihre Geburtsjahrgänge '50 und '52 notiert und hielten sie für ihr tatsächliches Alter.

Die Mitglieder der Kommission setzten sich an einen großen Tisch, der als »Konferenztisch« diente. Verwundert sahen sie Steve, Tim und Bunny an und meinten: »Ihr sitzt an diesem Tisch und seht so ruhig aus, während wir wegen der ganzen Situation nervös und aufgeregt sind!«

Nun begann die Auslieferungszeremonie an die Friedenskommission. Als erstes auf der Tagesordnung stand ein Foto der Missionare zusammen mit den Mitgliedern der Friedenskommission – sehr wichtig für die Medien! Dann folgten weitere Formalitäten. Ein Vertreter der Friedenskommission hielt den Guerillas eine Rede. Jetzt war »Professor« an der Reihe, eine formelle Erklärung im Namen der Guerillas zu geben.

»Als Mitglied des Oberkommandos der F.A.R.C. habe ich diese drei Nordamerikaner gründlich untersucht. Ich stelle fest, daß die Anklage, sie seien Mitglieder des CIA, nicht der Wahrheit entspricht. Im Gegenteil, diese Menschen sind Wohltäter der indianischen Gesellschaft. Sie tun eine gute Arbeit im Urwald, und wir laden Sie ein, dorthin zurückzukehren.« Die Missionare trauten ihren Ohren nicht, als sie diese Aussage vernahmen!

Damit war die Zeremonie abgeschlossen.

Die Frauen von der Farm brachten zartes Rindfleisch

mit Pommes Frites, das sie eigens zu diesem großen Anlaß vorbereitet hatten. Nun kam der Reporter an die Reihe und ließ jeden der Missionare auf sein Tonband sprechen. »Wie haben Sie sich gefühlt?« wandte er sich an Bunny. Während der Mahlzeit hatte er mehrere Male Fotos von ihr gemacht, meist gerade dann, wenn sie den Mund auftat!

»Wurden Sie gut behandelt? Hat jemand Sie um ein Lösegeld gebeten?« Der Wortlaut dieser Frage war etwas seltsam. Sie verneinten, da das Geld nicht von den dreien, sondern von der Mission gefordert wurde.

Die Missionare versuchten, die Fragen der Reihe nach zu beantworten. Ja, Bunny ging es gut. Ja, sie war gut behandelt worden. Niemand hatte sie persönlich um ein Lösegeld gebeten. Wie vorauszusehen, mißbrauchte man ihre Antworten als Beweis, daß sie tatsächlich nur in Gewahrsam genommen und nicht entführt worden waren. Ganz bewußt gab man ihnen keine Gelegenheit, von ihrer Gefangenschaft zu erzählen. Mit keinem Wort konnten sie schildern, wie sie von aller Verbindung abgeschnitten, ihres Zuhauses und ihrer Habe beraubt, als Agenten belästigt und von der Arbeit, der sie ihr Leben gewidmet hatten, illegal vertrieben worden waren.

Jetzt galten die drei offiziell nicht mehr als Geiseln. Sie waren der Friedenskommission ausgeliefert worden, die sie sicher nach Bogotá bringen sollte.

Mit einem festen Handschlag verabschiedete sich »Professor«. Tim entdeckte überrascht Tränen in den Augen des »Professors«. Ein besorgter Blick traf ihn. »Und er hat doch ein Herz«, dachte Tim und empfand in diesem Augenblick Mitleid mit dem Mann.

Obwohl die Situation sehr verheißungsvoll für die drei aussah, befanden sie sich immer noch nicht im Flugzeug nach Bogotá. Außerdem rechneten sie damit, daß sie in mehreren Städten anhalten würden, wo Guerillas und Kokainpflanzer ihr Unwesen trieben.

Die Missionare und die Mitglieder der Friedenskommission fuhren zunächst nach Calamar. Es war 18 Uhr, als sie anlegten. Die ganze Gruppe erhielt eine fürstliche Mahlzeit in einem ordentlichen Restaurant. Dann meldete die Friedenskommission per Funk nach Bogotá, daß die drei Missionare auf freiem Fuß waren.

Steve, Tim und Bunny konnten es immer noch nicht fassen. Waren sie wirklich frei, oder träumten sie nur? Dreiunddreißig Tage waren ins Land gegangen, seitdem Cains in ihrem eigenen Haus überrascht und entführt worden waren, und zweiunddreißig Tage seit der Festnahme von Steve und dem Flugzeug. Bald würden sie ihre Lieben wiedersehen. Wie treu war Gott!

Am Abend wurden sie von drei Vertretern der Friedenskommission zum Haus eines jungen kolumbianischen katholischen Priesters gebracht.

»So«, sagte der Leiter, »ihr religiösen Leute versteht euch sicher gut.« Laut verabschiedete er sich mit den Worten: »Ich wünsche Ihnen einen schönen ökumenischen Abend!« Damit machten sich die Vertreter der Friedenskommission ins örtliche Krankenhaus auf, um dort die Nacht zu verbringen.

Die Missionare bekamen zwei Betten in einem Zimmer, während andere Leute in Hängematten im Wohnzimmer des Priesters schliefen. Scheinbar war es der Priester gewohnt, daß sich sein Haus von Zeit zu Zeit in eine Herberge für Fremde verwandelte.

Kurz nachdem Tim und Bunny eingeschlafen waren, klopfte es leise an der Haustür. Steve, der von seinem Bett aus den Flur überblicken konnte, sah, wie der Priester die Tür öffnete und einen jungen Mann einließ. Er wies ihm eine Hängematte im Flur zum Schlafen zu. Instinktiv spürte Steve an seinen verstohlenden Blicken, daß dieser Mann ein Guerilla war.

Steve begann zu schwitzen. »Sag bloß, sie sind immer noch nicht fertig mit uns, wir noch nicht richtig frei!« Eine ganze Zeitlang kam er nicht zur Ruhe.

Plötzlich ein lautes Klopfen an der Haustür. Eine Stimme rief von draußen: »Polizei!« Der Mann in der Hängematte sprang heraus, schoß aus dem Hinterausgang und kam in dieser Nacht nicht mehr zurück.

»Sind die amerikanischen Geiseln hier?« fragte einer der Polizisten mit lauter Stimme.

»Si, señor«, antwortete der Priester, ohne an die Tür zu gehen. »Sie sind da, aber sie schlafen.«

»Wollte nur nachfragen«, meinte der Polizist kurz.

Durch das Polizeibüro wurde nach Villavicencio die Nachricht von der Freilassung der Geiseln durchgegeben, und von dort aus erreichte sie die Missionare, die in Bogotá warteten. Um 23.30 Uhr klingelte das Telefon im Gästehaus der Mission. Macon nahm den Hörer ab.

»Eure Leute sind frei. Sie werden morgen in Bogotá ankommen«, klang eine nüchterne und sachliche Stimme am anderen Ende.

Während der letzten Tage waren so oft Gerüchte in der Presse und im Radio verbreitet worden, aber diesmal schien die Nachricht aus zuverlässiger Quelle zu sein. Gott hatte das Unmögliche vollbracht! Bald waren im Gästehaus alle wach. Die gute Nachricht verbreitete sich wie ein Lauffeuer. Mit großer Freude lobten und dankten sie Gott. Man telefonierte nach Hause, um die Neuigkeit noch in dieser Nacht oder spätestens am nächsten Morgen im ganzen Land zu verbreiten.

Am folgenden Morgen flogen Tim, Bunny und Steve und die Friedenskommission getrennt nach San José. Schon der Name San José hatte für Tim einen erschreckenden Klang. Die Stadt war berüchtigt für den Kokainhandel und für Guerilla-Aktivitäten. Sechseinhalb Stunden mußten sie warten, bis Vorkehrungen getroffen waren, sie mit einer kommerziellen Fluglinie nach Bogotá zu fliegen.

In der Missionswohnung in Bogotá warteten Macon Hare und andere mit großer Spannung auf die Ankunft der drei. Der Tag schleppte sich dahin, ohne daß etwas geschah. War es eine Fehlmeldung gewesen? Nein, bestimmt nicht! Viermal beruhigte sie Pat Dye mit köstlichen Speisen. Das Haus war mit gelben Bändern festlich geschmückt. Macon und andere gingen jedesmal zum Flughafen, wenn ein Flug aus San José eintraf.

Endlich, am Nachmittag des 7. November empfing Macon die drei lange Vermißten, lud sie in seinen Wagen und fuhr sie in die Missionszentrale. Bunny sprang mit dem gleichen Elan wie früher aus dem Wagen. Tim sah gut aus, obwohl er etwas Gewicht verloren hatte. Paul meinte, Steve sehe genauso gut aus wie an dem Tag, als sie sich trennten, obwohl er während der dreiunddreißig Tage Tag und Nacht ein und dieselbe Jeans getragen hatte! Alle waren wohlauf.

Immer wieder staunten sie über die große Barmherzigkeit Gottes, die den Geiseln das Leben wieder geschenkt und sie für den weiteren Dienst befreit hatte. Bis in die Nacht hinein saßen sie um einen Tisch herum und tauschten aus. Zuviele Fragen gab es, die auf eine Antwort warteten. Aus den schrecklichen Geschehnissen der vergangenen Wochen heraus machten sie alle gemeinsam eine große Erfahrung: Gott mußte zuerst in ihren Herzen wirken und sie zum völligen Frieden und zur Hingabe an seinen Willen bringen, bevor er handeln konnte.

Jeder wollte die Bibelverse mitteilen, die ihm Gott während der verschiedenen Etappen der Gefangenschaft wichtig gemacht hatte. Steve meinte: »Wißt ihr, die Psalmen sind einfach spitze, auch 1. Mose und die Offenbarung und alles, was dazwischenliegt!« Zusammenfassend drückte er den Eindruck der ganzen Zerreißprobe so aus:

»Ich würde niemandem diese Erfahrung wünschen, aber ich selber möchte sie nicht missen. Ich habe so viele geistliche Lektionen gelernt. Ehrlich gesagt, es war ein Vorrecht.«

Als die Missionare erfuhren, wieviele Menschen in der ganzen Welt für sie gebetet hatten, wußten sie, daß die Erhörung der Gebete nicht allein auf ihr Konto ging. Natürlich hatten sie Tag und Nacht gebetet. Aber nicht nur sie, auch die Puinave beteten für sie, andere Stammesgruppen in Kolumbien sowie Gläubige in Brasilien, Venezuela, Bolivien, auf den Philippinen und in vielen anderen Ländern. Bald erhielten sie Briefe aus aller Welt, die davon berichteten und die Macht des Gebetes rühmten.

Ein Missionar, der unter den Ayoré arbeitete (es war

derselbe Stamm, der Pauls Vater und vier andere 1943 umgebracht hatte), schrieb:

»Ich bin sehr gesegnet worden, als ich sah, wie die Herzen der Ayoré von einem Geschehen außerhalb ihrer kleinen Welt tief berührt wurden. Während des ganzen Geiseldramas in Kolumbien beteten die Ayoré eifrig und baten ständig um Informationen. So waren sie durch das Gebet an der Auseinandersetzung zwischen Missionaren und Guerillas entscheidend beteiligt. Als ich Mateo von der Befreiung der Missionare erzählte, war ich fast überwältigt, als ich sah, wie sich seine Augen mit Tränen füllten.

Wenn wir den Indianern besondere Gebetsanliegen weitergeben, denken sie regelmäßig daran, beten dafür und erwarten, daß Gott wirkt!«

Auch in den Vereinigten Staaten hatten Christen zur Fürbitte aufgerufen. Sie rechneten mit der Macht des Gebetes, der Kraft, die Ketten zu sprengen vermag. Viele waren bewegt vom Schicksal der Missionare, ohne sie persönlich zu kennen. Gebetskreise, Gebetsketten und Gebetsnächte entstanden. Mehrere Gemeinden der Cherokee-Indianer, die mit den Linguistik-Schülern der Mission zusammenarbeiteten, vereinigten sich zur treuen Fürbitte für die Geiseln.

Dyes, Cains und Steve reisten zusammen nach Florida zu einem Treffen mit dem Vorstand. Auch Betsy Estelle kam dazu. In Orlando, dem Flughafen, hingen Plakate und ein großes Schild in der Flughafenhalle mit der Aufschrift: »O GOTT, DIR SEI EHRE!«

Die ersten, die sich ihren Weg durch die Menge durch die Flughafenhalle bahnten, waren die Reporter und die Fernsehkameras. Wie verabscheuten die Missionare dieses Spektakel! Besonders Tim ernüchterte dieses Schauspiel.

Was er in dem Augenblick empfand, berichtete er später einmal so: »Es war, als ob wir die Ehre bekämen, als ob sich alles auf uns konzentrierte. Aber die Ehre gehörte Gott! Wir waren nur Werkzeuge, die Gott gebrauchte. Es

ist Gottes Geschichte, nicht unsere! Selbst die Guerillas ...
auch sie gebrauchte Gott. Sie mußten ihm zu Diensten
stehen.«

Alle waren davon überzeugt, daß Gott das Wunder
nicht nur gewirkt hatte, um die vier Missionare von den
Guerillas zu befreien. Er hatte einen Plan für ihr Leben, ein
Ziel. Die schwere Zeit der Gefangenschaft, aber auch das
Wunder der Befreiung dienten dazu, sein Ziel zu erreichen.
Immer besser verstanden sie, daß Gott sie in diese aus-
sichtslose Lage geführt hatte, damit er sich in ihrem Leben
als mächtig erweisen konnte.

Am Tag nach seiner Flucht mußte Paul den ganzen Pa-
pierkrieg erledigen, der mit seiner Landung auf einem Feld
zusammenhing. Er mußte die Fragen der Leute beantworten, die laut Gesetz das Recht hatten, ihn auszufragen. Zu
dieser Gruppe gehörten auch zwei Generäle der kolumbianischen Armee, die von seiner Flucht gerade erfahren hatten. Anstatt jede Frage einzeln zu beantworten, fragte
Paul, ob er nicht besser seine ganze Geschichte erzählen
sollte. Er wollte klarmachen, daß Gott es war, der ihn herausgeholt hatte, nicht sein eigenes Können, seine Erfin-
dungsgabe oder seine Geschicklichkeit.

So erzählte Paul die Geschichte in allen Details. Er
nannte auch die Bibelstellen, die helfend in seine Not hin-
eingesprochen hatten, und zeigte ihnen die Macht des
Wortes Gottes in seinem Leben als Christ.

Als er mit der Geschichte fertig war, sagte niemand ein
Wort. Dann unterbrach ein General die Stille: »Mensch,
das war besser als im Kino!« Dann ging er auf Paul zu und
brachte seine Gedanken zum Ausdruck.

»Paul, wenn Sie mein Mann wären, würde ich Ihnen eine der höchsten Ehren verleihen! Aber Sie sind nicht mein
Mann. Sie sind Gottes Mann! Unwahrscheinlich, was Sie
erlebt haben! Noch nie dagewesen!

Soweit wir wissen, sind Sie der einzige, der je von den
F.A.R.C. entflohen ist. Zweitens: Sie starteten nachts im
Dunkeln und bei dichtem Bodennebel. Und drittens: Sie
landeten nachts im Dunkeln, ohne einen Kratzer zu verur-

sachen. Das grenzt an ein Wunder! Darüber wachte eine andere Macht: Gott!«

Der zweite General stimmte dem zu, was der erste gesagt hatte. Dann ging er mit Paul nach draußen, wo ein Missionar wartete, der Pauls Geschichte erfahren wollte. Als der General sich von Paul verabschiedete, sagte er treffend, zum Missionar gewandt: »Paul ist ein mutiger Mann, aber das hat ihn nicht gerettet. Er ist ein intelligenter Mann – wenn man an den Schlüssel im Schuh denkt und an manches andere –, aber auch das hat ihn nicht gerettet. Es war sein Glaube, der ihn rettete.«

Der Missionar stimmte dem General zu: »Nur der allmächtige Gott konnte diese Flucht gelingen lassen.« Er sprach so überzeugt, obwohl er noch nicht einmal wußte, wie alles genau geschehen war. Dann fügte er mit Nachdruck hinzu: »Wissen Sie, was Paul tat? Er nahm Gott beim Wort. Er wandte Gottes Wort auf sein Leben an. Und es funktionierte!«

Paul war es wichtig, daß diese vor der Welt so angesehenen und einflußreichen Männer erkannten, daß Gottes Wort wahr ist und daß es Menschen und Situationen verändert, wie er es erlebt hatte!

Wo immer Paul, die Cains und Steve zu Hause berichteten, begeisterten sie die Zuhörer von der Tatsache, daß Gott lebt und heute noch Wunder tut.

Oft fügte Paul eine bedeutsame Bemerkung hinzu: »Und wenn die Situation nicht so ausgegangen wäre, wenn wir alle vier ums Leben gekommen wären? Auch dann bliebe Gott Gott, heilig und gerecht, der sich in seiner Liebe und Fürsorge nicht ändert.«

Aber es hatte Gott gefallen, sie aus den Händen grausamer Menschen zu befreien, damit seine Kinder wachgerüttelt würden, auf ihn hörten und die Macht des Gebetes neu erkannten.

Gott ruft dieser Welt zu: »Nehmt mein Wort ernst! Lebt damit im Alltag! Ich bin derselbe allmächtige Gott. Ich möchte heute in eurem Leben wirken, wie ich es früher im Leben meines Volkes tat.«